KB058710

모든 순간이
이유가
있었으니

모든 순간이
이유가
있었으니

이현주 에세이

RHK
알에이치코리아

처음 지나온 이야기들을 꺼낼 때는 재미있고 행복한 이야기들로 신나게 단번에 써내려갔다. 그러나 나의 어두웠던, 정말 아팠던 순간들을 기억해내기 시작하자 더 이상 신나는 글이 나오지 않았다. 다시 그 시간으로 돌아가 아파왔다. 지금도 그 시간들을 생각하면 눈물이 앞선다. 그리고 나는 알았다. 기억하고 싶지 않아 가슴 저 깊은 곳 한켠에 꼭꼭 숨겨놓았던 기억들을 꺼내놓는 순간들이 바로 치유가 되는 과정이라는 것을.

글을 쓰기로 결심하기 전 두 달간 나는 긴 여행을 다녀왔다. 왜 떠나는지 어디로 가려고 하는지 알지 못한 채 그저 마음 가는 대로, 처음 가족을 떠나 여행을 시작했다. 여행하는 내내 나는 내가 왜 떠나 왔는지 도저히 이유를 찾을 수가 없었다. 그리고 아무런 생각도 나지 않았다. 필리핀에서 장애아 가족 힐링 캠프 일정이 잡혀 있었는데도 나는 긴 여행을 끝낼 생각을 하지 못했다. 그저 자연에 감탄하며 아! 하는 탄성만 계속하며 다녔다.

그리고 여행에서 돌아와 책을 내기로 결심한 후, 지나온 이야기들을 하나하나 글로 써 표현해낼 때마다 나는 내 모습을 바로 보는 데 용기가 필요하다는 것을 알았다. 그리고 그 두 달의 시간 동안 왜 아무런 생각 없이 다녔는지 깨달았다. 그 두 달의 여행을 통해 내 모습을 바로 볼 수 있는 용기를 얻었고, 앞으로 일어날 일들을 버틸 수 있는 힘을 얻었다는 것을 깨닫게 된 것이다. 그 용기와 힘으로 이야기들을 끌어낼 수 있었던 것 같다.

나는 평범하지 않은 남편과 더 평범하지 않은 두 아이들과 함께 사는, 특별한 재주가 없는 평범한 주부다. 그래서 좋다. 재주가 없다 보니 기다리기라도 잘하자 싶어서였는지 뭘 하려고 하기보다는 주어진 상황들을 그저 견뎌보려고 애를 많이 쓴 것 같다. 달리 할 수 있는 일도 없고, 달리 할 줄 아는 일도 없어서 그랬다 싶다. 그러나 기다림의 시간들이 이만큼 쌓이고 보니 나름대로 할 수 있는 일들이 생기기 시작했다.

이렇게 지나온 일들을 글로 적어 책으로 엮을 수 있게 된 것이 바로 그 할 수 있는 일 중 하나다. 특별한 가족들 옆에서 살다 보니 이야깃거리도 많아서 한 권으로 끝내기도 쉽지 않을 정도다. 앞으로 또 무슨 일을 할 수 있을지 내심 기대도 크다. 이만큼 살면서 또 느낀 것 한 가지는 꿈은 크게 가져야 한다는 것이다. 그러고 보면 꿈을 크게 갖는 것도 할 수 있게 된 일 중 하나인가 보다. 내 꿈에 포함된 일들을 위해 희망으로 오늘 하루도 충실히 살자 다짐해본다.

이 자리를 빌려 내 이야기를 써보도록 처음 이끌어준 임 기자에게 고마운 마음을 다시 한 번 전하고 싶다. 그리고 나와 우리 가족의 이야기를 세상에 내놓을 수 있도록 용기를 북돋아주신 모든 분들께 감사의 말씀을 드린다.

특별히 늘 내 옆에서 소리 없는 응원을 해주는 내 남편 김태원. 그리고 철없는 엄마를 세상에서 제일 예쁘다며 칭찬해주는 예쁜 딸 김서현. 천사의 모습으로 나를 무지막지 안아주는 멋진 아들 김우현. 고마워! 늘 사랑해!

차 례

1

모든 사랑은 저마다
다른 모습을 한다

1984

1984년 태원 씨와 처음 만나던 해에 나는 고등학교 졸업과 대학 입학을 앞두고 있었고, 태원 씨는 야간 고등학교 졸업을 앞두고 있었지만 대학에 갈 계획은 없는 상태였다.

우리가 만난 건 2월이어서 한창 서로를 알아갈 즈음 나는 대학 생활을 시작했다. 태원 씨는 매일 만나길 바랐고, 내가 대학에 입학한 뒤에도 우리는 수업 후 매일 그렇게 만났다.

대학 입학 후 한 달쯤 지나 나는 1박 2일로 MT를 가게 되었다. 그때까지 태원 씨는 내 대학 생활에 대해 특별히 묻는 말도, 만나는 시간이 짧아졌다는 식의 불평도 없었다.

MT를 다녀온 날 오후에 만나자 태원 씨가 노트를 한 권 주었다. 집에 가서 읽어보라며. 그것은 내가 대학 생활을 시작할 때부터 만남 전날 밤까지 한 달 동안 쓴 일기였다. 거기에는 한 달 동안 자기가 자신과 얼마나 싸워왔는지에 대해 자세히 적혀 있었다. 사랑한다는 말과 함께.

매일 내가 학교에서 남학생들과 어울려 지내는 것을 생각하며 질투로 견디기 힘들어하던 매 순간을 그야말로 구구절절 적어놓았다. 그동안 한마디도 하지 않더니 그렇게까지 힘들어했을 줄이야! 멋있어 보이고 싶어서 질투하고 있다는 사실을 한 번도 입 밖에 꺼내지 않았나 보다. 그 뒤로도 태원 씨는 두 달간 쓴 일기를 내게 준 적이 있다.

안타깝게도 두 권의 일기장은 오랜 시간, 여러 번의 이사로 어디론가 사라졌지만, 지금도 그 일기장을 떠올리면 태원 씨가 얼마나 나를 아끼고 사랑해주었는지 느낄 수 있다.

또 하나 태원 씨의 정성을 느끼게 해주었던 것이 있다. 바로 카세트테이프다.

당시에는 LP가 비싸, 일명 레코드 가게에서 원하는 곡을 카세트테이프에 녹음해 팔았다. 태원 씨는 하루가 머다 하고 자신이 좋아하는 온갖 장르의 음악들을 녹음해서 선물로 주곤 했다. 나 역시 음악 듣는 걸 그 누구보다 좋아했기에 그 테이프들을 통해서 태원 씨가 어떤 음악을 좋아하는지 알 수 있었다.

음악에 대해 이야기하기 위해, 그리고 서로 그 순간 무엇을 하고 있는지 알고 싶어서 우린 매일 밤 통화했다. 남자 친구를 사귀어본 적이 없던 나는 모든 커플이 우리처럼 그렇게 다 매일 만나고 매일 통화해야 하는 걸로 알았다.

태원 씨와 처음 만났을 때 내 나이 만 17세. 지금 생각하면 그야말로 파릇파릇 예쁘고 아기 같은 소녀였다. 반면 태원 씨는 만 18세였음에도 20대 초반 청년, 아니 솔직히 아저씨 같았다. 10대 소녀 눈에는 군인들이 아저씨처럼 보이듯 그런 느낌이었다.

사실 나는 첫 만남부터 3일간은 아무 느낌도 받지 못했다. 내가 살던 세계와는 너무 다른 세계에서 살아온 태원 씨가 낯설게 느껴졌던 것 같다. 처음 만난 날, 집으로 가는 버스를 기다리며 서 있을 때 태원 씨의 '내일 만나자' 말에, 내 대답은 '왜 또 만나요?'였을 정도였으니.

태원 씨는 꿋꿋하게 '내일은 보여줄 게 있으니 만나자' 하였다. 다음 날 태원 씨는 서대문에 있는 악기사로 나를 데려갔고 거기서 태원 씨 친구들과 밴드를 만들어 연습하는 모습을 보여주었다. 지금 생각해보면 기타 치는 본인 모습이 꽤 멋지다고 생각했던 모양이다.

하지만 이를 어째! 나는 그 시절 그야말로 팝송 대백과라는 별명을 갖고 있었다. 연주는 못 하지만 음악 듣는 귀 만큼은 둘째가라면 서럽던 고등학생이었으니 또래 남학생들의 합주가 얼마나 촌스럽게 들렸겠는가. 속으론 웃음이 나왔지만 태원 씨가 보여주고 싶어 하니까 그저 태원 씨 뜻대로 따라가며 지켜보았다.

그때만 해도 내 통금시간이 저녁 7시라 데이트할 시간이 길지는 않았는데 첫날은 약속이 있다며 버스를 태워 보내더니 둘째 날에는 택시로 집에 바래다주었다. 무지 멋있어 보이고 싶었던 것 같다. 그렇게 헤어진 그날 밤 태원 씨는 편지를 하나 들고 다시 우리 집 앞에 나타났다. '무슨 일이지?' 편지를 받아 들고 집에 들어와 읽어보니 '사랑해'라고 쓰여 있었다. 나를 처음 본 순간부터 사랑에 빠졌다며.

그리고 그 다음 날은 자기 집에 데리고 갔다. 이층으로 된 아담한 집이었는데 방에 있던 턴테이블에 자기가 좋아하는 LP를 올려놓고 들려주었다. 그룹 저니Journey의 '오픈 암스Open Arms'였다. 태원 씨는 음악을 들으며 내 손을 슬며시 잡았다. 지금도 그 음악을 들으면 그때 그 어색했던 순간이 떠오른다. 막내 여동생이 문을 빼꼼 열고 숨어 보던 것도 생각나고.

집으로 가는 택시 안에서 태원 씨는 내가 너무 말이 없다며 속상해했다. 사실 무슨 말을 해야 할지도 모르겠는 데다, 당시만 해도 말수가 적은 편이어서 태원 씨 하는 대로 따라가기만 했던 것 같다. 삐친 모습에 미안한 마음이 들어 나는 입을 열기 시작했고 태원 씨는 아이처럼 좋아했다.

우리는 하루도 빠짐없이 만나 종로로 광화문으로 그리고 서대문 악기사로 걸어 다니며 데이트를 했다. 그렇게 만난 지 15일째 되던 날, 태원 씨는 나에게 꼭 해야 할 이야기가 있다고, 나를 사랑하니까 자기를 전부 알아야만 한다며 첫사랑 이야기를 꺼내었다. 첫사랑 이야기를 듣는 내내 나는 그저 놀라움으로 아무 생각도 할 수가 없었다. 그리고 이야기가 끝나갈 때 즈음 내 눈에서 눈물이 흘렀다. 너무나 가슴 시린 사랑 이야기에 마음이 아팠다.

내 눈물에 태원 씨는 입을 맞추었고 그리고 입술에 키스를 했다. 그때의 그 느낌을 어찌 잊으랴. 가벼운 입맞춤이었는데, 첫 입맞춤이라서 그런지 찐한 느낌이 아직 남아 있는 것 같다.

그렇게 나는 김태원과 사랑에 빠졌다.

사실을 말하자면 태원 씨가 작사, 작곡하는 대부분 곡들은 첫사랑 이야기다. '비와 당신의 이야기' '사랑할수록' '슬픈 사슴' '소나기' 등 작곡한 곡의 99퍼센트가 아마도 그럴 거다.

그럼에도 난 기분이 나쁘지 않다. 하나도. 태원 씨는 두 번째 사랑인 내가 얼마나 소중한지 이야기했다. 사랑을 다시 잃고 싶지 않아서, 다시 또 다른 사랑을 할 자신이 없어서 나를 무척이나 소중히 사랑해주었다고 생각한다. 바로 그런 사람이 되어 있었기에 내가 사랑할 수 있었던 거니까. 그런 모습이 아니었으면 내가 사랑할 수 있는 사람이 아니었을 테니까.

그러니까 우리는 천생연분!

나의 첫사랑,
김태원의 마지막 사랑

나의 이상형은

첫째, 키가 클 것. 내가 작으니까.

둘째, 손이 클 것. 남자답게 느껴져서.

셋째, 너무 잘생기지 말 것. 이건, 무지 잘생기셨던 아버지의 영향인 듯하다. 아버지의 바람기를 잘 알고 있었으니.

태원 씨는 이 세 가지 조건에 딱 맞았다. 그래서 사랑 빠진 것 같지는 않지만 나중에 보니 딱 맞는 남자였다.

반대로 태원 씨의 이상형은 나와는 정반대의 이미지다. 일단 키가 크고 머리도 길고 뭔가 우수에 찬 듯 아련해 보이는 여자. 실제로 나는 태원 씨의 첫사랑 여학생의 사진을 본 적이 있다. 배우로 보자면 수애 씨가 그 여학생과 상당히 닮았다.

수애 씨가 막 데뷔했을 무렵, 텔레비전에 나왔을 때 일이 아직도 생생하다. 텔레비전 속 수애 씨를 보고 흔들리던 태원 씨의 눈빛. 하필 그 눈빛을 내가 보게 되었고 태원 씨에게 말했다.

"자기 첫사랑 닮았네?"

순간 흠칫 놀라던 태원 씨. 그리고 하는 말.

"어떻게 알았어?"

여자의 직감이 바로 이런 거다.

이 이야기는 신혼 때 일이고 연애 시절에도 딱 한 번 태원 씨의 눈빛이 흔들리는 것을 본 적 있다. 연애 2년 만의 일인데 부활 1집이 히트해서 방송에 꽤 많이 출연했을 때다. 아마 첫사랑 여학생도 음악도 듣고 방송에서 태원 씨도 보았을 거다. '비와 당신의 이야기'를 듣고 연락하지 않을 여자가 어디 있을까? 어느 날 태원 씨를 만났는데 분위기가 심상치 않아 물었다.

"첫사랑 친구에게 연락 왔어?"

태원 씨는 소스라치게 놀라며 어떻게 알았느냐 물었다.

사실 나도 놀랐다. 혹시나 해서 물었던 건데. 그 말을 듣자마자 난 이별을 선언하고는 바로 집으로 돌아왔다. 과거의 사랑으로 아름다운 기억 속에 있는 건 기분이 나쁘지 않았지만 현실이 되자 다른 이야기가 되었다. 그렇게 이별을 선언하고 나는 처음으로 사랑 때문에 가슴 아팠다.

그 후로 태원 씨는 새벽부터 우리 집 앞에서 나를 기다렸다. 대학생이었던 나를 따라 학교까지 찾아와 수업이 끝날 때까지 기다리고 집에 갈 때도 쫓아왔다. 나는 태원 씨를 사랑했지만 받아들이고 싶진 않아서 차갑게 그렇게 두 달을 보냈다.

그런데 지성이면 감천이라고 태원 씨의 새벽 행차에 (우리 집과 그의 집은 꽤 멀었다) 다시 받아들이기로 했고 그 후로 태원 씨는 첫사랑으로 인해 흔들리는 모습을 보이지 않았다.

나에게는 첫사랑이 태원 씨다. 나는 사랑에 실패해본 적이 없어서인지 태원 씨 곡들을 다 이해하지 못하는 것 같다. 지금도 태원 씨는 그녀를 그리워할 거고 또 기억 속에 남아 있는 그녀를 생각하며 작사를 하고 있을 거다. 그런 느낌이 들 때마다, 그리고 사람들이 '기분 안 나빠?' 하고 물을 때마다 내가 하는 말이 있다.

"태원 씨는 내 거잖아."

남산

부활이 첫 앨범을 내고 대중적인 성공을 한 후 이어서 2집 앨범이 나왔다.

1집 녹음을 할 때는 제작비를 적게 들여 작업하느라 합주로 한 번에 녹음을 하는, 그야말로 거의 초인적인 수준으로 후다닥 녹음을 끝냈다. 그저 앨범을 낼 수 있다는 것만으로도 기뻐서 다른 조건에 대한 것은 생각할 여지도 없었다.

그러나 2집 앨범은 1집 때와는 아주 다른 조건에서 녹음할 수 있었다. 태원 씨는 그동안 갈고닦은 모든 솜씨를 동원해 앨범을 제작하는 데 힘썼다.

2집 앨범 발매 후 태원 씨는 주변에서 천재라는 말을 들을 정도로 인정을 받았다. 그리고 부모님과 함께 살던 집에서 나와 이태원에서 작은 방을 한 칸 얻어 살기 시작했다.

그때는 연애 4년차가 되던 해였다. 나는 데이트 후에 헤어지면 태원 씨가 밤에 무엇을 하고 다니는지 알 수가 없었다. 아침에 내가 학교에 가 있는 동안 태원 씨는 잠을 잤고, 수업이 끝나면 만나고 집에 가야 할 시간이 되면 헤어지고. 그렇게 만남을 계속했다.

그러던 어느 날, 새벽 3시 무렵 전화를 해서는 보고 싶다며 나오라 했다. 나가면 오빠한테 혼난다고 아무리 설명해도 막무가내였다. 당시 나는 부모님과 떨어져 언니, 오빠들과 살고 있었기 때문에 오빠는 더 엄하게 규율을 지키도록 했었다.

끊이지 않는 전화로 결국 새벽 3시가 조금 지난 시간에 택시를 타고 태원 씨가 있다는 남산 꼭대기까지 올라갔다. 아마 지금은 고인이 된 지훈이와 함께였던 것 같다.

둘이 그 새벽에 기분이 좋아서 이태원에서 명동으로, 명동에서 남산 꼭대기까지 걸어 올라왔다고 한다. 내가 도착했을 때까지도 둘은 뭔가에 취해 비틀비틀하고 있는 상태였다.

그제야 나는 태원 씨가 왜 집에서 나와 이태원에서 살고 싶어 했는지 알게 되었다. 그날 모든 것을 보게 된 것이다. 둘은 매우 위험해 보였다. 나는 어찌할 바를 모른 채 멍하니 두 사람의 행동을 지켜볼 수밖에 없었다.

그리고 그것은 시작에 불과했다.

우
리
엄
마

남산에서 새벽이 지나 아침이 되자 정신이 반짝 났다.

'아 이제 집에 어떻게 가지?'

'오빠한테 들켰으면 난 죽었는데'

언니가 받겠거니 생각하며 집으로 전화를 했다. 그러나 이게 어찌된 일이야. 오빠가 전화를 받았다.

"너 어디야?!"

'아이구야. 난 죽었다.'

전화를 얼른 끊고 어떻게 하나 고민하다가 차라리 한 번 크게 혼나고 마는 게 낫겠다 싶어 태원 씨와 함께 엄마에게 갔다. 집에 도착하자마자 엄마에게 대충 상황을 얘기하고 앉았다.

　엄마는 태원 씨를 보자마자 "딴따라구만." 이어서 "평안도구만." 하시더니 사귄 지 몇 년 되었는지 물어보셨다. 4년 됐다 하니 더 이상 아무 말씀 안 하시다가 걱정 말고 집에 가란다.

　'응?'

　어째 싱겁다. 무지 혼날 줄 알았는데 울 엄마 최고!

　여장부 스타일 우리 엄마는 그렇게 오래 만났는데 뭘 단속하느냐시며 오빠보다 통 크게 봐주셨다.

　그 후 우리 만남은 양쪽 집안에서 공인한 공식적인 만남이 되었다.

마지막 콘서트

태원 씨는 또래 친구들과 거의 매일을 악기사 합주 연습실에서 록음
악을 연주하며 미래를 꿈꿔왔다. 그 당시에는 그룹 음악으로는 텔레비
전에 출연하기가 어려웠다. 시끄러운 음악을 하는 록 밴드는 그야말로
언더그라운드 생활이 당연했고 그저 공연에만 의존할 수밖에 없는 현
실이었다.

공연장 중에서 파고다 공원 옆에 있었던 파고다 극장이 최고였는데
그 무대에 서기 위한 밴드들의 경쟁이 치열했다. 태원 씨 밴드는 내 생
각과는 다르게 (나는 왠지 태원 씨 음악이 유치하게 들렸다) 록 마니아들에
게 상당한 인기를 끌었다. 그런 인기 속에서 초대 보컬로 K씨가 영입

되었고 밴드의 인기는 하늘 높이 치솟았다.

신대철 씨가 있는 시나위도 그 당시 함께 공연을 하곤 했다. 두 그룹의 경쟁은 정말 치열했는데 서로 색깔이 달라서 마니아층이 달랐다. 부활의 음악은 기능적인 면과 감성적인 면이 함께 어우러지는 사운드가 주가 되었고 시나위의 음악은 기능적인 면에 더 집중하는 것으로 보였다.

그렇게 언더그라운드 생활을 하며 인기를 얻어갈 즈음 함께 활동했던 K씨가 시나위로 영입되었고 부활은 L씨를 영입해서 서로 경쟁하듯 첫 앨범을 내게 되었다. 부활의 첫 앨범은 록 밴드 역사상 최고라 할 정도로 많은 판매고를 올렸다. 당시 부활의 인기는 요즘 아이돌 그룹 못지않았다.

그렇게 1집이 성공하고 태원 씨는 2집 앨범을 만들게 되었다. 2집 앨범에서 태원 씨는 유난히 어린 시절에 집착하며 회상 시리즈를 작곡했다. 아직도 왜 제목이 '회상 Ⅲ'인지는 모르지만 나를 위한 노래라며 본인의 목소리로 노래를 녹음하여 부활 2집에 넣었다.

그러나 2집 발표 후 나이트클럽 출연 문제로 팀 내에 분열이 있었고 부활은 해체되었다.

태원 씨는 민감한 문제이기도 하고, 구차하다고 생각하는지 더 이상 이야기하고 싶어 하지 않지만 나는 아직도 그날을 기억한다. 본인이 만든 팀을 본인이 포기하고 나오기로 했다며 늦은 밤 우리 집 앞에 찾아와 울며 이야기했던.

내 자존심으로는 나이트클럽에서 내 음악을 연주할 수는 없다. 그러나 멤버들은 연주를 하고 싶어 한다.
그래서 L에게 한 가지 약속을 받아놓고 내가 팀을 나오기로 했다.
L이 끝까지 나머지 멤버들을 버리지 않을 것. 그렇게만 해준다면 나는 다시는 부활이라는 이름을 쓰지 않겠다는 약속.

그러나 L씨는 그 약속을 지키지 않았고 곧 솔로로 전향했다. 그리고 인기가 최고에 다다랐을 때 태원 씨가 나를 위한 노래라며 자기 목소리로 직접 불렀던 '회상 Ⅲ'를 '마지막 콘서트'라는 제목으로 새롭게 편곡하여 앨범에 실었다.
'회상 Ⅲ'는 L씨의 목소리로 대중의 큰 사랑을 받았다.
나는 '마지막 콘서트'의 그 소녀로 많은 여자들의 로망이 되었다.
그리고 지금까지 나는 '그 소녀'로 남아 있다.

권금성 바위

긴 약물 중독의 시간 동안 나는 되도록 태원 씨 곁에 있고 싶지 않았다. 다행히 태원 씨 옆에는 지훈이가 있었다. 물론 지훈이도 약물 중독이었고. 그러나 그런 지훈이라도 함께 다니니 그나마 안심이 되었다.

태원 씨는 부활 해체 이후 다른 밴드를 결성해 다시 활동하고 싶어 했지만 매번 실패했다. 그리고 약물 중독은 계속해서 심해졌다. L씨는 승승장구 성공의 길로 가고 있었고 지금은 고인이 된 S씨도 대학 가요제로 데뷔한 후 성공 가도를 달리고 있었다. 이런 사실들이 대중들에게 잊혀져 간다고 생각하던 태원 씨를 더 괴롭혔던 것 같다.

약물 중독으로 태원 씨의 행동은 점점 더 이상해져 갔다. 귀신과 대화했다고도 하고, 하루 종일 파고다 공원 벤치에 앉아 있기도 하고, 길거리에 누워 자기도 했다고 한다. 그리고 지훈이와 서울 시내 모든 곳을 걸어 다녔다.

김현식 씨가 간경화로 세상을 떠났을 즈음에도 다음은 김태원 차례다 할 만큼 심한 상태였는데 도저히 약물 중독에서 헤어날 기미가 보이지 않았다.

지금 생각해도 나는 그 시절이 너무 싫다.

내 기억이 태원 씨가 약물 중독이던 그 몇 년 동안을 자세히 기억해내지 못하는 걸 보면 아마도 꽤나 끔찍했었나 보다. 그야말로 정신을 잃고 살지 않았나 싶다.

태원 씨는 정말 견디기 힘들 정도로 이상한 행동들을 많이 했다. 같이 다니기 창피할 정도로 걸음걸이도 휘청거리고 눈빛도 흐릿해 초점도 없고 술 취한 사람보다 더 이상했다. 눈빛은 흐릿하면서도 신경만큼은 더 예민하고 날카로웠다. 누가 태원 씨의 이상한 행동을 쳐다보기만 해도 신경을 날카롭게 곤두세워 그 흐릿한 눈빛으로 상대방을 노려보기 일쑤였다.

태원 씨는 설악산을 꽤나 좋아해 설악산으로 여행을 많이 다녀왔다. 나는 매번 쫓아다니지는 않았지만 여러 차례 설악산에 함께 갔다. 우리는 설악산에 가면 권금성 바위에 자주 올라가곤 했다. 태원 씨는 기타를 늘 들고 다녔다. 다시 성공을 안겨줄 노래를 작곡하려고 몸부림치며 다녔던 거다.

그날도 권금성 바위에서 두 손을 쫙 펼치며 서 있었다. 나는 권금성 바위 뒤편에서 아래쪽 산을 내려다보았다. 한참을 내려다보는데 갑자기 이런 생각이 들었다.

'아 대지여 나를 안아주오.'

그리고 뛰어내리고 싶은 충동감이 밀려들었다. 자연이 날 안아줄 것 같았다. 날아갈 수도 있을 것 같았다. 자연이 이런 느낌으로 다가올 줄이야. 그렇다고 죽고 싶다는 생각을 한 것은 아니다.

그리고 깨달았다.

태원 씨와 이별할 때가 왔다는 것을.

첫 번째
이별

7년 동안 나는 그야말로 태원 씨 옆에서 분신처럼 지냈다. 헤어지기를 결심한다는 것 자체가 상상을 할 수 없는 일이었다. 그런데도 결심했다. 어떻게 그런 결심을 하게 되었는지 아직도 잘 모른다. 다만 그저 심장이 찢어지는 고통을 처음으로 느껴봤다고 할까.

헤어지자는 말도 할 수 없었다. 그러고 싶지 않았다. 태원 씨의 어머니께서 어떻게 그럴 수 있냐며 섭섭해하실 정도로 아무에게도 말하지 않고 그냥 태원 씨에게서 떠났다.

아니 사라졌다.

너무 큰 고통 속에서 허우적대는 태원 씨가 안타까워서 그냥 옆에만 있어주고자 하루하루 버텨왔는데 더 이상은 나에게 남아 있는 힘이 없었다.

태원 씨는 그 당시 '부활'로 다시 앨범을 내고 싶어 했고 전 보컬 L씨는 김태원이 다시 부활이라는 이름으로 팀을 결성하는 것을 반대했다. 약물 중독이던 태원 씨가 이상하게 행동했을 것은 상상이 가지만, 정신병원에나 가라며 거의 협박조로 부활이란 이름을 쓰지 못하게 했다.
L씨 자신은 팀원을 버리지 않고 끝까지 함께하겠다는 약속을 지키지 않았는데도 김태원이 다시 부활이란 이름을 쓰지 않겠다고 약속했다는 것만 상기시키며 부활이라는 이름을 쓰지 못하게 했다. 이미 대중적으로 인기 절정에 올라 많은 것을 가진 사람이 왜 그렇게 했는지 안타깝다.
태원 씨는 마음이 갓난아기같이 여린 사람이다.
태원 씨는 온 세상이 자기를 버렸다고 생각했다.

그러나 이미 나와 태원 씨는 끊을 수 없는 무언가로 연결되어 있었는지 하루하루가 지날수록 죽음의 그림자가 느껴졌다. 어쩌면 태원 씨를 자기 자신보다 더 잘 알고 있을지도 모를 나였다.
태원 씨는 내가 있을 만한 곳을 찾아 전국을 헤매고 다녔다. 죽음이 앞에 다가온 사람의 모습으로. 그리고 나는 태원 씨 앞에서 사라진 지

3일 만에 그에게 다시 돌아갔다.

　태원 씨는 내 앞에서 무릎을 꿇고 울었다. 그날 이후 태원 씨는 다시는 약에 손대지 않았다. 그리고 시간이 조금 흐른 뒤 충격에서 벗어난 듯 한마디 했다.

　"세상 모든 사람이 나를 다 버려도 너만큼은 날 안 버릴 줄 알았어. 너마저 나를 버렸을 때 나는 더 이상 희망이 없었어. 사랑해."

아버님의
어록

- 구치소

새벽에 남산을 헤매고 다닌 지 얼마 지나지 않아 부활의 김태원과 드러머, 보컬과 '희야'의 작곡가가 구속되었다는 연락이 왔다. 대마초 흡연이었다.

이미 알고 있던 터라 오빠가 보지 못하게 하려고 새벽같이 일어나 언니와 신문부터 감췄다. 그러나 소용없었다. 텔레비전 아침 뉴스부터 속보로 계속해서 소식이 전해졌다. 아이돌이나 다름없던 부활의 구속은 큰 뉴스거리여서 하루 온종일 여기저기 모든 곳에서 흘러나왔다.

다행히 오빠는 의외로 껄껄 웃으며 이제 어떻게 하냐고 한마디만 하고 말았다.

그리고 거의 일주일은 지났던 것 같다. 모든 조사가 끝나고 구치소로 수감된 후에야 가족들이 면회를 갈 수가 있었다. 처음 면회를 하러 태원 씨 아버님 차를 타고 그 당시 구치소가 있었던 서대문으로 함께 가는데 아버님께서 한 말씀하신다.

"창피해하지 마라. 남을 해친 게 아니잖니."

아 그렇지. 대마초로 구속된 거지.

아버님 말씀에 난 조금은 심각함에서 벗어날 수 있었고 구치소에 수감된 태원 씨가 안쓰러워서 매일 면회를 갔다.

– 정신병원

L씨와 헤어진 후 태원 씨는 깊은 상실감과 배신감으로 약물에 더욱 의존하며 지냈다.

누가 들어도 못 믿을 사실은 태원 씨는 술을 한 모금도 못 마시던 남자였다는 것이다. 그랬던 사람이 술을 마시기 시작한 건 약물 중독 이후였다. 소주를 마시면 약효가 지속되니까 마시기 시작한 것이다.

태원 씨가 복용하던 약은 기관지 약이었는데 한 번에 다량을 복용하면 마약처럼 작용하는 향정신성 약이었다. 지금은 그렇게 판매하지 않겠지만, 당시 몇몇 약국에서는 한 봉투에 13알 정도씩 넣어 팔았다.

태원 씨는 이태원 생활 시작 때부터 약물을 복용해왔다. 처음에는 한 번에 13알씩 하루 세 번을 복용했다. 그러나 양은 점점 늘어 몇 년이 지나자 하루 한 병, 100알이 넘는 양을 전부 복용했다.

결국 나는 도저히 지켜볼 수 없어서 아버님을 찾아갔다. 그동안의 이야기를 모두 해드리니 "알았다." 한 마디만 하셨다. 그리고 며칠 후 파주 쪽 정신병원에 예약을 해두었으니 함께 가서 설명해달라 하셨다.

나는 태원 씨, 태원 씨 부모님과 아무 말 없이 병원으로 갔다. 상담 마지막 무렵 아버님은 의사와 방에서 긴 말씀을 나누시더니 입원은 시키지 않고 "가자." 한 마디만 하셨다. 그리고 집에 도착한 후 하신 말.

"정신병원에 입원시키면 태원이가 더 미칠 것 같다."

병원 측에서는 한 달간 누구하고도 면회가 안 된다고 했다고 한다. 또 태원 씨가 딱 하나 요구하던, 기타를 가지고 입원하는 것도 안 된다고 했단다. 자살 방지를 위해서.

아버님은 태원 씨에게는 아무 말 안 하신다. 혼내는 말씀도 없으시다. 태원 씨가 구치소에 수감되던 날도 아버님은 단 한 번도 화를 내신 적이 없고 왜 그랬냐고 물으시지도 않았다. 그저 그 차가운 방에서 지낼 아들 생각에 더 마음 아파하셨다. 그리고는 한숨 섞인 목소리로 "어떻게 하겠니. 믿고 기다리는 수밖에." 하셨다.

아마 아버님이 아니었다면 나는 평생을 태원 씨와 함께할 거라는 생각을 못 했을 것 같다. 그리고 지금 나는 그 당시 아버님의 모습을 닮아 있는 것 같다.

재기

재기.

이름만 보아도 눈물부터 난다.

죽음이란 걸 처음 알게 해준 사람이어서 더욱 그렇다. 태원 씨와 내 가슴에 재기는 한 마리 파랑새처럼 아름답게 날아와 앉았다가 홀쩍 떠 나갔다.

어느 날 재기는 역촌동에 있던 지하 연습실에 나타났다. 지훈이 친 구의 친구라 했던가? 첫 인상은 키도 훌쩍 크고 늘씬하며 얼굴은 그 당시 유행하던 일본 패션 잡지 〈논노nonno〉의 표지 모델 같았다. 이미 앨범을 한 번 낸 적이 있는 보컬이었는데 태원 씨가 무척이나 맘에 들어 했다.

태원 씨는 보컬을 뽑을 때 유난히 고음에 미성인 사람을 좋아한다. 특히 목소리의 색깔을 중요하게 여긴다. 그리고 목소리의 떨림도 중요시한다. 단순한 떨림이 아니라 김태원만의 독특한 분별법이 있다.

K씨와 의기투합할 때도 김태원은 그의 고음을 사랑했다. L씨를 영입할 당시에도 다른 모든 멤버들의 반대에도 불구하고 목소리 톤과 떨림이 본인이 좋아하는 그것과 맞아 떨어져서 영입을 고집했다고 했다. P씨를 영입할 때는 누구도 따라가기 힘든 고음에 황홀해했다. 이름이 많이 알려지지 못했다 해도 부활을 거쳐간 많은 보컬들의 음색은 가히 최고라 할 수 있다. 모두들 저마다 특색 있는 목소리와 기교를 갖고 있었다.

그중에서도 일등을 뽑으라면 단연 김재기다.

하지만 재기는 입대를 앞두고 있어서 바로 팀원이 되지는 못했다. 재기가 제대해서 돌아왔을 때 태원 씨는 약물 중독에서 벗어난 상태였고 새로운 희망으로 가득 차 있을 때였다.

함께하기로 하고 2년 동안 둘은 매일 만나서 서로의 음악 세계를 나누었다. 당시 나는 태원 씨의 두 형님과 큰 누나가 결혼하지 않은 터라 우리 차례를 기다리며 태원 씨와 이미 함께 지내고 있었기에 두 사람 사이에서 매일 두 사람이 키워가는 우정을 지켜보았다. 우리 셋은 한 팀 같았다.

그리고 부활 1집 때 함께했던 매니저와 다시 만나 부활 정규 앨범 '부활 3집'을 내기로 했다.

재기와 함께했던 2년 동안 참 많은 일이 있었다. 많은 일 중 대표적인 것이 태원 씨의 두 번째 구치소 수감이다.

재기는 성실하고 근면한 편이어서 태원 씨 주변의 음악인이라고 하는 사람들 중에 꽤 모범생 같았다. 태원 씨가 나 몰래 대마초를 피울 때도 함께하지 않았다. 한 번의 대마초 흡연 전과는 김태원이 이미 무명이나 다름없게 되었다 해도 마약 단속반의 감시 대상에서 제외될 수는 없었다.

1992년 가을 태원 씨는 대마초 흡연으로 다시 구치소에 수감되었고 재기와 나는 재기의 오래된 차로 매일 과천 구치소로 면회를 갔다. 그 두 달간의 긴 구치소 생활을 마지막으로 태원 씨는 다시는 대마초에 손대지 않았다.

태원 씨는 부활 3집을 위해 열심히 작곡을 했고 드디어 앨범 녹음을 시작했다. 재기의 목소리는 태원 씨가 작곡한 곡과 잘 어울렸다.

그러던 어느 날 아침 태원 씨에게 한 통의 전화가 왔다.

"재기가 사고가 났대."

그저 말 한마디 들은 것밖에 없는데 그동안 재기와 지내왔던 장면 장면들이 그야말로 영화의 한 장면처럼 카메라 화면이 돌아가듯 죽 펼

쳐졌다. 그리고 재기의 죽음을 예감했다.

그렇게 재기는 태원 씨와 내 곁을 떠났다.

태원 씨는 세상을 그리고 재기 주변 사람들을 원망했다. 장례식장에서도 재기에게 조금이라도 안 좋게 한 사람들에게는 욕을 퍼붓고 화를 내고 소리를 질렀다. 꽤 오랜 시간 태원 씨는 술 없이 잠들지 못했다.

나는 지금도 죽음 앞에서 그때만큼 울지 못한다. 재기의 죽음 이후 큰 새언니의 갑작스런 죽음 앞에서도 나는 눈물 한 방울 흘리지 못했고 부모님의 죽음 앞에서조차 눈물을 흘리지 못했다. 재기를 화장하던 날 나는 왜 영화 속에서 사람들이 상여를 메고 가며 아이고, 아이고 통곡 소리를 내는지 알게 됐다. 나도 재기의 가족들 옆에 앉아 그렇게 통곡을 했다.

태원 씨는 차마 화장을 하고 난 다음의 재기를 보지 못했지만 나는 재기의 모습을 끝까지 보고 싶었다. 살은 다 없어지고 재기가 누워 있던 그대로 뼈들만 반듯이 누워 있었다.

인간의 육신이 그렇게 쉽게 사라지는 것을 보고 나는 허무함에 빠졌다. 재기가 혈육을 남기지 못하고 떠난 것이 안타까워서 태원 씨와 나는 서둘러 결혼 날짜를 잡았다.

나를 위해 기타를 치며 '무정 부루스'를 불러주던 재기가 보고 싶다.

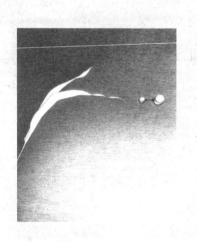

사랑할수록

재기와 함께했던 시간 동안 태원 씨는 주옥같은 음악을 작곡했다.

역시 첫사랑을 생각하며 쓴 곡들이었고 아름답고 아픈 사랑이었던 만큼 사람들의 심금을 울리는 곡들이었다. 지금은 기억이 가물가물 하지만 태원 씨가 당시 좋아하던 팝송의 가사가 무슨 뜻이냐고 내게 물었고 나는 '아마 '무엇무엇을 할수록' 그런 뜻인 것 같다'고 말했다. 그렇게 새로 작곡한 곡에 '사랑할수록'이라는 제목이 붙여졌다.

보통은 앨범을 녹음할 때 중요한 곡은 나중에 녹음하곤 한다. 좀 더 신중을 기하기 위해서다. 그러나 태원 씨는 '소나기'와 '사랑할수록'부터 녹음하기를 원했다. 마치 재기의 죽음을 예상이나 한 것처럼.

며칠 동안 녹음을 거듭해서 '사랑할수록'의 녹음이 끝났다. 이어서 '소나기'를 녹음했고 '흑백영화'는 악기 연주 녹음 시 가이드 송으로 녹음한 것이 전부였다. 세 번째 곡의 정식 녹음을 앞두고 재기는 떠나 갔다.

피지도 못하고 떠난 젊은 그의 죽음 앞에서 우리는 뭐라도 해야 할 것 같았다. 화장이 끝난 후 재기 부모님의 바람대로 절에 가서 재기의 혼을 달랬다. 그리고 영혼을 위로하고자 우리는 산속 깊은 절에서 재기의 노래를 들었다.

적막이 흐르는 산중에 울려 퍼지던 재기의 '사랑할수록'을 어떻게 잊을까!

부활 3집 앨범은 발표할 가망성조차 없어 보였지만 완성이 되었다. 앨범이 완성되고 그룹 부활의 길이 어떻게 가야 할지 모르는 상황에서 2세에 대한 갈망으로 우리는 재기가 떠난 그해 겨울에 결혼을 했다. 연애 10년 만이었다.

부활은 재기 부모님의 소망에 따라 재기와 똑같은 목소리를 가진 재기의 동생 재희와 방송 활동을 하기로 했다. 노래를 한 적이 없던 재희는 공개 방송이나 콘서트에서 힘들어하긴 했지만 형의 빈자리를 잘 지켜주었다.

그리고 '사랑할수록'은 서서히 주목을 받기 시작했다. 재기의 목소리는 산중에서 널리 울려 퍼지듯 전국에서 울려 퍼졌다. 길을 가도 음식점에 가도 라디오를 틀어도 '사랑할수록'을 들을 수 있었다.

　　'사랑할수록'은 그 후로도 몇 년 동안이나 인기 순위 차트에 머물며 대중의 큰 사랑을 받았다.

　　부활은 이름 그대로 죽었다가 다시 살아났다.

　　부활!

　　그 당시에는 종교적인 의미의 부활이 아니고 그저 다시 태어난다는 단순한 뜻으로 붙여진 이름이다. 그 당시 매니저가 지은 이름이고 정확한 이유는 모른다.

　　추측으로는 부활 이전의 그룹 이름이 '디엔드The End'였는데 멤버들이 나가며 이름 따라 끝나버렸으니 다시 그룹을 살리자는 의미로 부활이라 이름 짓지 않았을까.

　　가톨릭 세례를 받은 지금 그 이름은 우리에게 신비로 살아 있다.

내 취미는
요리

부활의 부활로 우리의 결혼 생활 시작은 순탄했다.

주체할 수 없이 쏟아지는 스케줄로 전국을 다녔다. 연애 시절 마음대로 여행을 다니지 못했던 터라 늘 신나는 여행 같았다.

결혼식 후 태원 씨는 언제나, 어디를 가나, 심지어 운전을 할 때도 내 손을 꼭 잡고 다녔다. 마치 처음 만나 사랑에 빠진 사람처럼 말이다. 내 입장에서는 그저 남자 친구와 여자 친구에서 신랑 신부로, 그리고 남편과 아내로만 바뀌었을 뿐 달라진 게 없었다. 하지만 태원 씨에게는 중요한 변화였나 보다.

결혼 후 변화한 게 있다면 우리 둘의 호칭이 바뀌었다. 아니 나만 바꿨다. 태원 씨는 여전히 나를 '밤톨'이라는 별명으로 나는 '태원아'에서 '태원 씨' 혹은 '자기'로 바꾸었다. 우리 둘은 상관없지만 결혼은 둘이 하는 게 아니니까.

태원 씨는 씻기를 참 싫어한다. 그런데 집안만큼은 엄청나게 깨끗이 정리 정돈하는 걸 좋아한다. 사람들이 와서 담뱃재라도 떨어트리면 진공청소기를 들고 와서 발 좀 들어보라 하며 깨끗이 싹 치운다. 부담스러워하지 말라는 말과 함께. 다행히 청소 문제로 나를 괴롭히진 않는다. 본인이 못 견뎌 본인이 먼저 청소한다.

태원 씨는 유난히 외식을 좋아한다. 음악인의 특성상 오후 12시가 되어야 첫 식사를 하는 태원 씨는 눈 뜨면 첫마디가 "뭐 먹으러 갈까?"이다. 남들이 들으면 부러워할 일이지만 요리하는 것을 유난히 좋아하는 나는 섭섭하다.

아이가 둘이 되면서 지인들 초대는 중단되었지만 내가 좋아하는 일 중에 하나가 음식 차려 놓고 지인들 불러 함께 먹기였다. 그러나 태원 씨는 내가 요리하는 걸 싫어했다. 기껏해야 멤버들이 집으로 찾아오면 돈까스 안주 만드는 게 고작이었다.

나는 요리를 잘하지는 못했지만 나름 열심히 만들었는데 맛이 꽤나 없었나 보다. 내가 아직도 김치를 만들지 못하는 이유는 태원 씨의 말 한마디 때문이다. 열심히 요리 책을 보고 배추김치를 만들었는데 먹어

보더니 하는 말.

"엄마네서 갖다 먹자."

그 후로 난 김치 담그기를 포기했다.

라면도 다시는 안 끓인다. 라면을 처음 끓인 날 물의 양이 어떻네 면발이 어떻네 구박하는 바람에 라면 끓이기는 태원 씨 몫으로 정했다. 그래도 나는 꿋꿋이 요리 학원을 다니며 집에서 열심히 실습을 하곤 했다.

청소는 태원 씨 몫, 식사는 외식.

그래서 내 '취미'는 요리다.

머슴과
별당아씨

　지금도 신기한 건 우리 둘은 24시간 그렇게 붙어 있어도 불편한 점이 없었다는 거다.

　연애 10년 동안도 우리는 늘 붙어 다녔다. 지인들에게 우리의 연애 시절 이야기를 할 때마다 1년에 300일은 함께 다녔다고 나는 자랑 반 푸념 반 말하곤 했다. 워낙 뜨겁게 오래 잘 지내온 우리 둘의 사랑 이야기를 궁금해하는 분들이 많아서 함께 자리했다가 네 번이나 들었다고, 본인 얘기하듯 할 수도 있겠다고 하는 분도 있을 정도였다.

　그렇게 지냈으면 질릴 만도 한데 우리는 결혼 후에도 여전히 함께였다. 태원 씨의 직업상 같이 다녀도 이상해 보이지는 않았고 나의 바람이 아니라 태원 씨의 바람으로, 그리고 습관처럼, 어디를 가건 우리는 그래야 하는 걸로 알았다.

그렇게 긴 시간을 함께 다녀도 말다툼하거나 불편한 점이 없었던 걸 보면 참 신기하다. 둘 다 어지간히 둥근 성격인 건지 둘 다 특이해서인지 모르겠다. 지금 와서 생각해보면 나의 노력보다는 태원 씨의 노력으로 그런 관계가 가능하지 않았나 싶다.

태원 씨는 유난히 외출하기를 싫어한다. 약물 중독 시절엔 약 기운에 그렇게 돌아다닌 거고 실제로는 여행을 가도 무조건 휴양지로 가서 호텔 생활만 한다. 그야말로 몸만 그대로 호텔 방으로 옮긴 거다. 어쩌면 그렇게도 움직이길 싫어하는지.

태원 씨는 식사 시간을 제외하면 거의 방에서 나오는 일이 없다. 허리도 안 아픈지 늘 누워 지낸다. 그래서 제일 좋아하는 일이 텔레비전 보기다. 무슨 프로그램을 좋아하는지 눈여겨본 적이 별로 없는데 언젠가 〈스타 골든벨〉이라는 프로그램에 출연해 태원 씨가 골든벨을 울린 적이 있다. 그야말로 '놀랄 노' 자라고 모두가 말했다. 가만 보니 마지막 문제는 나는 정말 듣도 보도 못 했던 우리나라의 어떤 지명인가 음식 이름인가를 맞춰야 하는 문제였는데 태원 씨가 알고 있는 게 아닌가. 생각해보니 태원 씨는 〈6시 내 고향〉이라는 프로그램을 늘 즐겨 보았고 뛰어난 기억력으로 머리에 저장된 상식들이 꽤나 있었던 거다. 내가 가끔 태원 씨의 상식이 〈6시 내 고향〉에서 온 게 많다고 하면 박

장대소하시는 분들이 많다. 하지만 시간이 쌓이고 쌓여 모르는 사이에 저장된 것들이 많아진 걸 어쩌랴.

영화도 좋아해서 신혼 때 동네 비디오 대여점 비디오 대여 순위 단연 1위였다. 자랑 하나 더 하자면 태원 씨의 영화 감상 수준은 상당한데 그중에서도 영화 음악을 기억해내는 걸 보면 정말 천재 수준이다. 한 번 들은 음악을 어디다 저장하는지 알 수 없지만 어떤 영화의 어느 장면에서 나온 음악인지 모두 기억한다. 어찌 생각하면 무섭다. 사람이 좀 잊어야 하는 것도 있건만 지난 30년 동안 나와의 장면들도 다 기억하고 있다면 좀. 아무튼 대단한 사람인 것 같다.

반면 나는 아프지만 않으면 나가 다니는 것을 좋아한다. 다행이라고 하기는 좀 애매하긴 하지만 몸이 체질적으로 약한 편이라 어쩔 수 없이 집에서 지낼 수밖에 없었고 그러다 보니 태원 씨랑 함께 있는 것이 나쁘지 않았다. 아니 사실은 편했다.

우리 부부는 머슴과 별당아씨다.

세상 아내들이 들으면 얼굴 한 번 할퀼 얘기일지도 모르지만 태원 씨는 지나가는 말도 못할 정도로 내 입에서 뭐가 필요하다는 말이 떨어지기가 무섭게 앞에 갖다 놓는다. 태원 씨는 건강 체질이고 나는 약골 체질이라, 움직이기 편한 사람이 더 해줄 수도 있겠다는 생각도 가끔 든다. 그러나 태원 씨는 나를 사랑하는 것을 증명이라도 하듯 작은 일에도 세심한 배려를 많이 해준다. 세상 남자들이 모두 태원 씨 같으면 부부 싸움 할 일도 없고 아내들은 감동받아 서로 더 잘해줄 것 같다.

언젠가 방송에서 떨어져 살며 제일 힘든 게 뭐냐는 질문을 받은 적이 있다. 태원 씨가 라디오 방송 게스트 출연 중에 갑자기 나에게 전화를 걸어와 통화를 하게 되었는데 나는 "힘든 건 없다. 그런데 아쉽다."고 대답했다. 의외의 대답에 이유를 무척 궁금해했다. 그리고 이유를 듣고 모두들 야유와 부러움 섞인 탄성을 보냈다.

"밤에 자다 깼을 때 물 떠다 줄 사람이 없어서요."

어디 물 떠다 주기뿐이랴. 말로 다 하자면 정말 이 글을 보는 아내분들이 남편분들 바가지 깨나 긁을까 그만 해야지. 그 정도로 태원 씨는 아직도 내게 있어 옆에 없으면 아쉬운 사람이다.

그렇게 아기자기 신혼 시기를 보내던 우리에게도 말다툼할 일이 생겼다. 무슨 일이었는지 기억은 안 나지만 태원 씨가 뭔가를 잘못해서 내가 좀 따진 것 같다. 분명 태원 씨가 잘못했는데 미안하다는 말 없이 화를 내더니 결국 한마디 한다.

"제발 한 가지만 안 해주면 좋겠어. 대들지 말아줘. 내가 잘못한 건 알아."

여자와 남자에서 아내와 남편으로 진정으로 바뀐 순간이었다. 나는 그것만큼은 지켜주기로 했다. 지금도 난 태원 씨 표정이 안 좋거나 하면 슬며시 일어나 다른 곳으로 피한다. 그러나 역사는 밤에 이루어진다고! 잠자기 전 태원 씨 품에서 아까 자기가 잘못한 거 알지? 한마디만 하면 만사 오케이다.

결혼하는 사람들에게 나는 이 이야기를 해주고 싶다. 아무리 남편이 잘못했어도 일단 작전상 후퇴하고 자기 전 이불 속에서. 그게 바로 남편과 아내인 것 같다고.

결혼이라는 것은 너와 나 각자의 인생도 중요하지만 남편, 아내, 그리고 아이가 태어나면 엄마, 아빠의 역할이 주어지니까. '따로 또 같이'라는 말이 제격이다. 나도 있어야 하고 너도 있어야 하고, 남편과 아내가 함께 있어야 하고, 엄마와 아빠가 함께 있어야 한다. 잘 구분해서 조화롭게 가정생활을 이루어가는 것이 바로 결혼생활이라고 생각한다. "내 손안에 있소이다." 하며 지혜롭게 아내의 역할을 잘 하는 것. 김태원은 '내 손' 안에 있어주었다.

아마도 태원 씨는 신랑들에게 이렇게 말할 것 같다.

"그냥 아내에게 져줘! 여자한테 이겨서 뭐하나?"

2

함께 힘들기보다 멀어져
서로 그리워하기를

서현이와
다른아이

첫아이를 낳아 키우다 보니 자랄수록 아이가 혼자인 것이 안타까웠다. 혹시라도 엄마 아빠에게 무슨 일이라도 생기면 어쩌나 싶은 마음에 둘째 아이를 가져야겠다 결심하게 되었다.

아이를 낳는 고통은 금방 잊는다더니 사랑스런 기억만 남아 그렇게 또 아이를 가졌다. 첫 아이를 낳아 집에 데리고 왔을 때 셋이 하나가 된 듯한 그 마음을 아이를 낳아본 부모들은 모두 알 것이다. 그런데 둘째 아이를 데리고 집에 막 들어갔을 때는 전혀 예상치 못한 기분이 들었다. 하나가 된 그런 기분과는 다른, 집이 꽉 찬, 완성된, 완벽한 가족을 이룬 듯한 그런 기분이었다.

낮에는 아기를 내가 돌보고 밤에는 태원 씨가 돌봐주고 참으로 호흡이 척척 맞는 가족이었다. 첫째 서현이가 유치원에서 소풍을 갈 때도 우리는 유난을 떨며 유모차까지 동원해 우현이를 데리고 쫓아갔다. 유치원 엄마들의 따가운 눈총을 받으며 우리 네 가족은 행복한 일상을 보냈다.

그러나 너무 행복해하지 말라 했던가! 우현이가 8개월쯤 됐을 때 나는 우현이에게서 뭔가 다른 점을 발견했다. "엄마" 하고 부를 때가 되었어도 누군가를 부르진 않고 벽을 보고 "엄마 마 마 마. 아빠 빠 빠." 이렇게 연습만 했다. 그리고 필요한 말만 단어로 했다. 발음도 정확하지 않은 말로 "물" 아니 엄밀히 말하면 "무" 그리고 "맘마" 그 외에 하는 말이 없었다. 걷기 시작했을 즈음에도 필요한 것이 있을 때는 내 손을 잡고 내 손가락으로 필요한 물건을 가리키게 하였다.

서현이를 키워보지 않았다면 우현이가 다르다는 것을 빨리 눈치 채지 못했을 정도였지만 무언가 달랐다.

우리 가족의 전쟁은 서서히 시작되었다.

과일 전시회

우현이는 생후 1년쯤 되자 집안의 물건들, 특히 부엌 캐비닛 안에 있는 용품들을 무조건 꺼내어 늘어놓기 시작했다. 특별히 갖고 노는 것 같지 않았는데 늘 꺼내 놓았다.

블록 쌓기나 텔레비전을 보는 것 외에는 다른 장난감엔 큰 관심을 보이지 않았다. 자동차에 관심이 조금 있는 것 같았지만 그저 자동차 바퀴가 돌아가는 모습에만 관심을 보였다. 보통의 남자 아이들 같으면 자동차를 쌩쌩 굴리며 온 집안을 돌아다녔을 텐데 우현이는 그저 가만히 앉아 자동차를 관찰하고 더 이상 갖고 놀지 않았다.

우현이는 특히 냄새나 소리에 민감했는데 귤이나 생선 냄새를 맡으면 늘 토했고 텔레비전을 켜거나 소리가 나는 장난감이 있으면 어디에서 소리가 나는지에 더 관심을 보였다.

그리고 조금 더 자라서는 과일에 집착하기 시작했다. 지나가는 길에 과일 가게가 있으면 그 가게에 진열되어 있는 과일은 종류대로 모조리 사야만 했다. 그리고는 거실 한쪽에 과일을 진열해놓고 한참을 들여다보고 또 다른 곳으로 옮겨서는 들여다보더니 어느 날은 과일을 하나하나 그려 달라 하고는 그것도 방바닥에 이 모양 저 모양으로 그야말로 과일 전시회를 하듯 그렇게 늘어놓았다.

후에 병원에서 애착에 장애가 있다는 진단을 받은 후 심리치료실에서 우현이와 비슷한 성향을 가진 아이들을 많이 만날 수 있었는데 대부분의 아이들이 장난감에 큰 취미가 없는 것도 공통점이었다.

어떤 엄마의 하소연.

"그래도 우현인 좀 낫네요. 우리 아들은 꽃만 갖고 놀아요. 과일은 먹기라도 하죠."

웃을 수 없는 일이었지만 우리는 함께 웃었다.

그러던 어느 날 드디어 우현이가 관심을 보인 장난감이 생겼다. 그 당시 〈해리 포터〉 1편이 상영되어 서현이가 집에서 비디오로 보고 또 보고 하였는데 우현이가 지나며 보았던 모양이다. 〈해리 포터〉가 흥행에 성공한 후 아이들이 좋아할 만한 캐릭터 장난감이 많이 나와 있었는데 그중에 우현이가 레고에 관심을 보이기 시작한 것이다.

태원 씨와 나는 너무 좋아서 우현이가 조립할 수 없는 레고 모델을 골랐음에도 사주었다. 결국 조립은 우현이가 아닌 내 몫이었지만 "아들 덕분에 치매는 안 걸리겠네." 하며 열심히 조립해주었다.

나는 꽤 오랜 시간을 아침에 눈을 뜰 때마다 천장을 바라보며 "휴~ 오늘은 우현이와 어떻게 보내지?" 이렇게 한숨으로 하루를 시작했다. 좋아하는 장난감도 없고, 말을 안 하고 쳐다도 안 보니 친구를 사귈 수도 없고, 밖으로 나가자고 졸라서 나가면 놀이터에는 가지 않고 찻길이든 어디든 앞으로 걸어가기만 해서 내 체력으로는 우현이를 감당하기 어려웠다. 그러니 레고에 관심을 보인 것만으로도 기뻐할 수밖에.

아이와 함께 교감할 수 있는 놀이가 없어 매 시간 보내기가 너무 고통스러웠던 나는 비록 레고를 조립하지도 갖고 놀지도 않았지만 (우현이는 레고가 완성되면 과일처럼 전시만 했다) 아이 옆에서 시간을 보낼 수 있는 무언가가 있다는 것이 좋았다.

그렇게 하루하루를 힘겹게 버텨왔다.

캐나다로
떠나던 날

　우현이가 평범한 아이들과 다르다는 것은 정말 인정하고 싶지 않은 사실이었다. 우현이가 다르다는 것을 알면서도 나는 혹시나 크면 좋아지지 않을까 하는 마음에 어떻게든 고쳐보려고 아이와 늘상 싸웠다. 서현이 때와는 다르게 우현이에 대한 신뢰가 없었던 거다. 나는 기다릴 수가 없었다.

　그리고 더 안 좋았던 것은 태원 씨의 태도였다. 우현이가 태어나기 전에는 서현이와 놀이동산을 일주일에 두세 번, 물놀이하려는 매주 토요일마다 다녔다. 늘 서현이와 함께했고 매일매일 서현이가 보여주는 모든 것들을 신기하고 행복해했으며 웃음소리가 떠나질 않았다.

우현이는 생각해보면 잘생기고 얌전하고 참 귀여운, 호기심이 많은 아기였다. 서현이는 유난히 얌전하고 잘 울지도 않고 고집도 부리지 않는 예쁜 행동만 하는 사랑스러운 딸이었다. 보통의 남자 아이들이 산만하고 개구지고 말썽꾸러기인 것을 잘 모르는 태원 씨는 우현이가 태어난 지 1년이 지나면서 서현이보다 호기심 많고 잘 울고 고집이 센 우현이를 귀찮아하기 시작했다. 그래서 우현이가 태어나서 16개월이 되었을 무렵 유아방에 맡기길 원했다.

당시에 마침 가정집 환경에서 유아를 맡아주는 좋은 시설들이 생겨나기 시작했다. 우리는 우현이를 하루 5시간씩 유아방에 맡기기로 했다. 그곳에 있는 다른 아기들을 보니 친구가 있어 재미있어 하고 나름 잘 지내는 것 같아서 크게 걱정하지 않고 맡겼던 것이다.

그런데 우현이는 다른 아이와는 달랐다. 매일 떨어질 때마다 엄청나게 울고 힘들어했다. 그리고 데리러 가면 울다 지쳐 자고 있었다. 보통 아이들이 일주일 정도는 그렇게 힘들어하디기도 친구가 있어 재미있다는 것을 알게 되면 쉽게 부모와 떨어지고 잘 놀기 마련인데 우현인 달랐다.

그래도 곧 좋아지겠지 하며 2주가 지나고 3주가 지날 때즈음 나는 우현이가 이상해진 것을 발견했다. 아이가 눈을 맞추지 않기 시작한 것이다. 그리고 놀이터에 나가면 앞으로만 마구 걸어가고 잘 놀지를 않았다. 집 안에서는 내 품에서 떨어지려고 하지를 않았다. 유아방에서의 3주가 우현이의 자폐 성향을 더욱더 심하게 만든 것이었다.

지금도 그 순간을 생각하면 우현이에게 너무나 미안하다. 그 3주가 아니었다면 지금쯤 우현이는 일반 아이들과 크게 다르지 않게 자랐을 것 같다. 물론 다른 건 알고 있었지만 그렇게까지 심하진 않았었으니 말이다.

나중에 우현이를 키우면서 같은 성향을 가진 아이들을 보니 대부분 만 5~6세쯤, 말을 어느 정도 할 줄 알게 되면서부터 자폐 성향이 사라지기 시작했다. 자폐는 사회성이 발달하지 못하는 병인데 언어 기능이 좋아지면 자연스럽게 자폐 성향도 사라지는 것이다.

그러나 우현이는 유아방 사건 이후에 큰 충격을 받아 자폐 성향이 더욱더 심해졌다. 태원 씨는 그렇게 아픈 우현이를 더더욱 받아들이지 못했다. 우현이를 돌보는 일이 점점 힘들어지면서 나는 서서히 태원 씨를 원망하기 시작했다. 서현이를 키울 때와 너무나도 다른 태원 씨 모습에 실망하고 미워하다가 마침내 태원 씨를 떠나기로 결심했다.

오빠가 있는 캐나다로 떠나기 위해 나는 태원 씨 몰래 조금씩 준비했다. 다시는 한국에 돌아오지 않을 마음이었다. 태원 씨는 내가 아이들과 그저 여행을 하기 위한 준비를 한다고만 생각했지 내가 떠날 거라는 것은 전혀 눈치채지 못했다.

캐나다로 떠나기 전날 나는 태원 씨에게 길고도 긴 이별의 편지를 썼다. 그러나 막상 떠나는 순간엔 그 편지를 줄 수가 없었다. 연애 시절 태원 씨를 떠났던 적이 있는데 그때를 생각하면 태원 씨가 얼마나 아파할지 알기 때문이었다. 아니 죽을 수도 있다는 걸 알았기 때문이었다. 그렇게 편지를 쓰레기통에 버리고 공항에서 이별하는 순간 뒤를 돌아 들어가며 나는 이별의 눈물 그리고 이별의 눈빛으로 태원 씨를 잠시 바라보았다.

그 순간 태원 씨의 표정이 변했다. 그제야 내가 단순한 여행이 아니라 진심으로 자기를 떠난다는 것을 알아차린 것이다.

나는 모른 척하고 그냥 공항으로 들어갔다. 그리고 나는 캐나다에서, 태원 씨는 한국에서 지옥 같은 두 달을 보냈다.

캐나다에서
돌아오다

캐나다로 떠난 해는 2002년이다. 한국에서의 월드컵. 그렇지 않아도 못 잊을 그해에 우리는 길이길이 남을 이별을 했다. 내가 태원 씨를 떠나겠다고 마음먹은 날 태원 씨가 한 말이 아직도 잊히지 않는다.

"난 내가 그렇게 못된 사람인지 몰랐어……."

우리가 떠난 후 태원 씨는 집에서 아예 나오지를 못했다고 한다. 이별을 선언하고 간 것도 아니고 연락을 끊은 것도 아니어서 나는 태원 씨가 그렇게까지 힘들어할 줄은 몰랐다. 지훈이의 말에 따르면 태원 씨가 거의 시체처럼 먹지도 않고 그저 소파에 누워서 시름시름 앓았다고 한다. 아마 가족을 돌보지 못한 죄책감 때문이었던 것 같다.

나는 그 사실을 전혀 몰랐다. 우리는 매일 컴퓨터로 영상 통화를 했는데 그때마다 태원 씨랑 이야기하고 아이들 모습도 보여주면서 지냈기 때문에 그렇게까지 힘들어하는 줄 몰랐던 거다.

그러던 어느 날 태원 씨의 캠이 고장 나버렸다. 우리는 영상 통화는 못 하지만 국제 전화 카드로 매일 몇 차례씩 전화 통화를 해서 나는 크게 힘들지 않았다. 그러나 캠이 고장 난 지 2주가 지나서야 고쳐지는 바람에 태원 씨는 꽤나 애가 탔었나 보다. 2주 만에 다시 아이들을 보는 순간 태원 씨는 말도 못 하고 눈물을 주르륵 흘렸다. 그리고 나는 알았다. 태원 씨가 얼마나 힘들어하고 있었는지.

그 모습을 보고 나는 항공사에 바로 전화를 했다. 태원 씨를 그대로 놔두면 죽을 것 같아서. 성수기라 티켓 일정을 바꿀 수가 없단다. 방법이 없겠느냐 물었더니 공항에 직접 가서 사정을 말하면 아마도 가능할 거라 한다. 나는 택시를 타고 공항으로 가서 남편이 아파서 급히 귀국해야 한다 했고 바로 다음 날 우현이와 함께 서둘러 한국으로 왔다.

그리고 2002년 월드컵 경기와 함께 '네버 엔딩 스토리Never Ending Story'란 곡이 만들어졌다.

정신과 병동

캐나다에서 돌아오고 한동안 태원 씨는 나와 우현이를 무척 아껴주며 소중히 대해주었다. 그러나 그것도 오래가진 못했다. 다시 캐나다로 떠나기 전과 같은 상태로 돌아갔고 아빠와 아들의 전쟁은 다시 시작됐다.

우현이는 다른 남자 아이들에 비하면 상당히 순한 편이었는데 서현이 역시 다른 여자 아이들에 비해서 순했기 때문에 남자인 우현이가 아무리 순하다 해도 서현이에 비하면 엄청 부산한 걸로 느껴졌다. 아들 먼저 키워보고 딸을 키웠다면 아이고 편하다 했겠지만 그 상황이 아니어서 더 힘들어했던 것 같다.

서현이는 딸이라서 그런지 어떻게 만져야 할지도 모르겠다며 벌벌 떨던 아빠 김태원은 어디 가고 아들 우현이에게는 너무 냉정했다. 이제 갓 돌 지난 아들이 자기 방 탁자 위에 올라가 녹음 장비나 악기라도 만지려고 하면 유난히 못 받아주고 내보내버렸다. 그리고 함께 다니는 것도 싫어했다. 여기 저기 마구 돌아다니는 아들 우현이가 서현이와 비교되어 꽤나 힘들었나 보다.

결국 나는 서현이 때는 혼자 아이를 데리고 다닌다는 것을 상상도 못 했던 초보 엄마에서 아이 둘을 혼자 데리고 다니는 억척 엄마로 변해갔다. 아이 둘을 데리고 우현이를 구박하는 태원 씨를 피해 언니네로 운전해서 피신 갈 때는 서러워 울기도 많이 했다. 나 혼자 낳은 아들도 아니고 함께 낳았는데 어떻게 이러나 싶어서 말이다. 거기다 우현이가 커갈수록 평범한 아이들과는 다르다는 걸 분명히 느끼고 있었기 때문에 태원 씨의 그런 행동은 더욱 나를 힘들게 했다.

나는 우현이의 증상이 점점 심해져가는 걸 알면서도 병원에 감히 진단을 받으러 갈 수가 없었다. 너무나 두려웠다. 그러나 더 미룰 수는 없을 만큼 우현이의 행동이 점점 일반 아이들과 다른 것이 눈에 띄었고 결국 진단을 받아야겠다고 결심했다.

나는 우현이가 캐나다에서 어떻게 지냈는지, 어떤 어려움이 있었는지 태원 씨에게 얘기해주며 아무래도 우현이가 남다르다고, 이제는 병원에 가서 진단을 받아야 할 것 같다고 했다. 처음엔 시어머니도 태원 씨도 반대했다. 인정하기 힘들다는 것은 알았다. 그러나 난 이대로는 안 된다고, 분명히 다른 아이들과 다르다고 확실히 일러주었다.

　나도 처음엔 두려워서 어떤 것도 할 수가 없었다. 그럴 리가 없다는 생각에, 아직 아기니까 지켜보자는 생각만 했다. 그러나 우현이의 상태는 더 이상 미룰 만한 상태가 아니었다. 가족들은 인정 못 했지만 적어도 나만큼은 우현이의 자폐증에 대한 올바른 치료를 위해 뭔가를 해야 했고 그 시작으로 정확한 진단을 필요로 했던 것이다.

　이 결심은 사실 아주 중요한 일이었다. 우현이를 있는 그대로 받아들일 준비가 되었다는 신호였던 거다. 그래서 좀 더 정확한 진단을 받고자 모 병원 소아 정신과를 찾아갔다.

　처음 주치의를 만났을 때 주치의가 한 자폐란 병에 대한 말이 무섭게 들려왔다.

　"자폐라고 진단받으면 포기하세요."

　이건 뭐지? 뭘 포기하란 거지? 당시 자폐가 뭔지도 잘 모르던 나는 아무 생각도 할 수가 없었다. 의사는 정확한 진단을 위해 정신병동에 일주일간 입원해야 한다고 하였다. 입원 준비를 마치고 그 끔찍했던 병동에 우현이와 들어갔다.

　게다가 소아정신과 입원 병동이 공사 중이라 성인정신과 병동에 입원해야 했다. 그곳은 아주 심하지는 않은 정신 질환을 앓고 있는 환자들이 입원 치료하는 곳이었다. 그럼에도 그곳은 감옥 같았다. 창문에는 도주를 막기 위한 창살이 있었고 방에는 자살 방지를 위해 전화기도 없이 오로지 침대뿐이었다. 면회도 제한이 있어 태원 씨는 하루 두 번, 점심과 저녁 식사 시간에만 올 수 있었다. 우현이와 입원해 있는 동안 태원 씨는 단 하룻밤도 지내주지 않았다.

그곳은 나에게는 지옥의 심연 같았다. 아마 우현이에게도 그랬을 것 같다. 하루 24시간 제한된 공간에서 우현이의 목적지 없는 발걸음은 계속됐고 입원 환자들의 괴성과 울음소리가 우현이와 나를 두려움에 떨게 했다. 하룻밤이 1년 같았다.

그런 상황에서 하룻밤도 와서 교대해주지 않는 태원 씨가 너무나 원망스러웠다.

나는 서서히 우현이와 함께 병들어갔다.

　입원을 해야 진단이 가능하다고 해서 태원 씨와 나는 24시간 감시
카메라로 우현이를 관찰하는 줄 알았다.

　그 감옥 같고 지옥 같았던 병동에서 주치의는 볼 수도 없었고 무슨
검사를 한다고 인턴이 두 번인가 와서 30분 정도씩 우현이를 검사하
고 갔다. 말도 잘 못 하는 우현이와 하는 검사는 제대로 이루어질 수가
없었다. 그냥 아이 상태를 보기만 해도 진단이 나올 수 있을 것 같았지
만 그래도 전문가는 다르다는 믿음으로 특별한 것이 있다고 생각하고
입원을 한 거였다.

　그러나 뇌파 검사를 한 것 빼고는 특별한 설명도, 별다른 검사도 없

이 우현이와 나는 6일을 정신병동에 갇혀 있었다. 도저히 납득이 가지 않는 상황이었다. 우현이와 아무 이유 없이 정신병원에 갇혀 있었던 것 같았다. 그러나 나는 주치의에게 아무 것도 따지지 않았다. 우현이와 밀착돼 보낸 6일간 정신병동에서의 생활이 우현이를 있는 그대로 받아들이게 했기 때문이었다.

아무리 부인하려고 해도 우현이는 우현이였다. '내 아이가 하필 왜 이럴까?' 하는 질문도 필요 없었다. 나는 '내가 원하는 둘째 아기 우현이'가 아니라 '진짜 아이 우현이'를 느끼기 시작한 것이다. 솔직히 뭐가 뭔지 알 수는 없었지만 그 상태 그대로 받아들여야 한다는 걸 알았다. 그건 우현이에게 아무것도 바랄 수 없다는 걸 의미하기도 했다. 그리고 받아들인다는 것은 진정한 치료가 시작된다는 것을 의미하기도 했다.

몇 주 후 우현이는 애착장애라는 진단을 받았다. 사회성의 첫 번째 단계는 엄마와의 애착 형성인데 그것이 되어 있지 않다는 것이었다. 아기와 엄마는 사랑으로 끈끈히, 아니 그 이상의 무엇으로 맺어져야 할 관계인데 그렇지 못하고 가깝지 못하다는 것. 다시 말해 아기와 엄마와의 관계에 신뢰가 없다는 뜻이었다. 아니 그렇게 느꼈다. 창피하기도 하고 어디다 하소연하기도 힘들었다. 애착 장애라니.

주치의의 설명은 일단 뇌파 검사 결과는 이상이 없다 했다. 그리고 자폐란 병은 무서운 병이며 본인은 자폐라는 말은 쓰기 싫어한다고 했다. 우현이의 병명, 애착장애라는 진단에는 치료를 위한 약도 없었다.

어떠한 처방전도 없었다. 나는 그저 집 주변에 있는 심리 치료실 전화번호만 받아들고 병실을 나왔다.

지금은 우현이가 신체적으로 아주 건강한 것이 참으로 고맙다. 그러나 그 당시만 해도 나는 그 아무리 무서운 병이라도 차라리 해볼 수술이라도 있거나 약이라도 있는 병이 낫다고 생각했다. 도대체 뭘 어쩌라는 건지 알 수가 없었다.

사실 진단받기 전부터 우현인 이미 여러 군데 심리 치료실을 다니고 있었다. 진단이 무서워서, 그리고 아직 아기니까 혹시나 하는 마음으로 병원 가기를 주저하고 있었던 거였다. 나는 치료실에서 여러 유형의 자폐 성향이 있는 아이들을 만났다. 아이들 모두 성향이 같아 보이지는 않았지만 공통점들도 많았다. 사실 애착장애라는 것은 유사 자폐의 다른 말 정도로밖에 생각되어지지 않았다.

지금 생각해보면 먹는 약은 없었지만 처방전은 있었다. 처방전은 "아이를 이해시키려 하지 말고 주변 사람을 이해시키세요."라는 말이었다.

그랬다. 나는 나 혹은 다른 사람들이 우현이를 이해해야 한다는 생각은 못 해봤다. 우현이는 태어난 지 27개월이 되어서도 어떤 현상을 이해할 수 있는 교감이 전혀 발달하지 못했다. 그런데도 나는 우현이를 치료해서 우현이만 좋아지면 된다고 생각했다. 거기다가 우현이의 자폐 성향에 대한 지식이나 상식도 없이 아이를 유아방에 보내서 자폐 성향이 더욱 심해지게 하기까지 했다. 유아방에 보낸 일로 엄마와 아이 사이에 형성되어야 할 신뢰가 무너졌던 것 같다.

나는 우현이에게 죄책감이 들었다. 그리고 그 죄책감은 나를 더 병들게 했다.

비
참
함

주변 사람을 이해시켜라.

다시 생각하고 생각해도 처음엔 방법을 몰랐다. 우현이의 상태도 잘 모르는데 주변 사람을 어떻게 이해시키라는 건가. 오래 가지 않아 나는 그게 뭔지 잘 알 수 있었다.

오랜만에 친정 식구들 모임으로 저녁 식사를 할 때의 일이다. 경기도 광주 쪽의 어느 식당이었는데 좀 늦은 저녁 식사 시간이어서 손님이 우리 식구 외엔 없었다. 테이블은 의자 없는 한식 테이블이었다. 우리가 자리에 앉자 종업원 아가씨가 각 사람 앞에 휴지를 깔고 그 위에 숟가락 젓가락을 올려놓았다.

우현이 눈엔 그것이 재미있어 보였나 보다. 아가씨를 따라 비어 있는 테이블에 휴지를 깔고 숟가락 젓가락을 올려놓기 시작했다. 서현이 같았으면 안 된다 말을 했겠지만 우현이여서 잠시 망설이다가 '아이를 이해시키려 하지 말고 주변 사람을 이해시키세요.'라는 말을 생각해냈다. 그리고 그렇게 했다.

"우리 아이가 아가씨가 하는 게 재밌어 보였나 봐요. 지금 장난감이 없어서 그러는데 비어 있는 테이블에 휴지를 깔고 숟가락 젓가락을 놓게 해도 될까요?"

주인아주머니는 마침 손님이 아무도 없고 이젠 누가 올 것 같지 않으니 그래도 좋다고 흔쾌히 대답해주었다.

아, 성공! 바로 이거구나!

만약 주인아주머니의 허락이 없었다면 그날의 식사 모임은 우현이의 그치지 않는 울음소리로 엉망이 되었을 거다.

나는 우현이를 데리고 다니면서 우현이의 행동 때문에 늘 미안하다는 말을 하고 다녀야 했다. 두 돌이 지나고 세 돌이 다 되어가는데도 우현인 말을 못했다. 그리고 누구든 자기가 갖고 싶은 것을 가지고 있으면 말없이 휙 빼앗아 왔다. 차가 쌩쌩 지나가는 찻길로 대책 없이 신호등을 무시한 채 건너가려고 했다. 공공장소에서 자기 맘에 안 들면 소리 지르고 바닥에 누워 떼를 썼다.

엄마인 나는 이미 우현이로 하여금 우현이의 행동을 제어할 힘을 잃은 상태여서, 내 말로는 우현이의 잘못된 행동을 통제할 수가 없었다. 신기하게도 아이들은 누가 자기를 이길 수 있는지 안다. 자폐아든 아니든 말이다. 결국 나는 우현이에게 이끌려 다녀야만 했다. 더군다나 나도 이해를 못 하면서 남을 이해시킬 수 있다고는 한 번도 생각해보지 못했다.

주변 사람을 이해시키라는 말은 미안해하는 것과는 다른 일이었다. 우현이의 발달 장애 자체를 이해시켜야 하는 거였다. 그리고 그런 이해를 통해 나도 다른 아이들과 우현이의 다른 점들을 하나씩 알아가는 것이기도 했다. 식당에서의 첫 시도가 다행히 주인아주머니의 배려로 성공해서 나는 조금은 안심이 되었다.

그러나 복병은 다른 데 있었다.

나를, 그리고 우현이를 누구보다도 잘 이해할, 아니 이해해주어야 할 나의 언니가 나에게 "우현이에게 안 되는 것은 가르쳐야지. 넌 지금 잘못하고 있어."라고 말한 것이다.

사실 그럴 수 있다. 사회 통념상 남에게 피해가 가는 일은 안 하게 가르쳐야 하니까. 실제로 우현인 "남의 물건이 갖고 싶을 때 '주세요.' 해야지." 하고 가르치면 곧잘 따라하곤 했다. 물론 말이 잘 안 되고 마음이 앞서는 우현이의 돌발 행동은 많았지만 다시 부탁하며 받아 오도록 가르치고 가르치고를 반복하다 보니 일단 울어서 해결하려는 우현이의 행동이 조금씩 좋아지고 있었다.

그러나 집 밖에서는 그 외에도 우현이를 통제해야 하는 일이 많아 늘 작고 큰 사고가 생겼다. 주변 사람을 이해시키는 동안 우현이는 이미 바닥에 드러누워 울어버리던지 쏜살같이 찻길로 뛰어들던지 해서 나를 무척 애먹였다.

나는 혼자의 힘으로 그런 우현이를 감당하기 너무 힘들어 어떻게 해야 하는지 상담을 하였고 두 번째 처방전을 받았다.

"가족에게 도움을 청하세요."

어떻게 도움을 청해야 하나 망실이고 있던 상황에 주변 사람을 이해시키기 위한 나의 노력에 대한 언니의 반응은 나에게는 충격이었다.

나는 이 사건 하나로 모든 것을 포기했다.

나의 엄마라고 해도 과언이 아닌 나의 언니가 나와 우현이를 이해하지 못한다는 건 다른 누구도, 그 누구도 이해시킬 수 없다는 의미였다. 그리고 도움을 청할 가족이 없다는 의미기도 했다.

나는 누군가에게 바라고 기댄다는 것이 얼마나 비참한지 깨달았다.

그리움으로

비참함은 우울증이 되어 내 정신을 갉아 먹었다.

욕실에 들어가 거울을 보고 있으면 나도 모르게 '죽고 싶다'라는 혼 잣말이 나오기도 했다. 다시 상담을 받으니 우울증 약을 한 달치 처방 해주었다.

이게 뭐지? 멍하니 약을 들고 집으로 돌아와 어떻게 해야 하나 망설 이다가 나는 태원 씨를, 그리고 가족을 떠나기로 결심했다.

기대함이 없는 곳으로.

비참함이 없는 곳으로.

그렇게 계속 가다가는 나의 사랑스러운 서현이를 그리고 우현이를 지킬 수 없을 것 같았다.

'정신 똑바로 차려!'

어디선가 누군가 이런 말을 하는 듯, 나는 그야말로 우울증 약을 받고 정신이 번쩍 났던 거다.

캐나다에 가본 경험도 있어서 준비는 쉬웠다. 오빠가 있으니 더 쉬웠다. 한국을 떠날 준비는 금방 진행되었고 이제 서현이가 다닐 학교에 학비만 송금하면 모든 준비는 끝나는 거였다. 떠날 준비를 하는 나를 지켜보던 태원 씨는 마지막으로 내게 물었다.

"안 가면 안 돼? 가지 마."

태원 씨의 간절함을 알았지만 더 이상 마음이 약해지지 않았다.

사실 우현이로 힘든 것보다 태원 씨의 태도로 난 더 힘들었다. 엄마가 아이를 혼내면 아빠는 감싸주고, 아빠가 혼내면 엄마가 아이를 감싸주고 그렇게 육아가 조화를 이루어야 하는데 태원 씨는 그러지 못했다. 내가 기분이 안 좋으면 나보다 더 기분이 안 좋았다.

말다툼이라곤 신혼 때 한 번, 그리고 결혼 10년간 한두 번 있을까 말까 했던 우리 두 사람이 우현이로 인해 얼굴 붉히는 일이 잦아졌다.

나는 함께하며 힘든 것보다 헤어져서 서로 그리워하기를 선택했다.

우현이는
피카소

캐나다로 떠나려는 찰나 시아버님의 호출이 있었다. 상황을 지켜보시다가 캐나다로 보내는 건 안 되겠다 생각하셨는지 만류하신다.

"부부가 그렇게 멀리 떨어져 있으면 안 된다. 내가 필리핀에 몇 번 다녀왔는데 거기 생활이 의외로 좋다 하더라. 한번 알아보면 어떻겠니?" 하시며 안타까워하셨다.

아버님께서 특별히 당부하셔서 며칠 고민하다가 필리핀에 답사를 다녀왔다. 한 번도 생각해보지 않은 곳이었지만 막상 가서 보니 매력적이었다. 특히 한국과 가까운 것이 제일 마음에 들었다. 처음에는 멀리 떠나고 싶었지만 다시 생각해보니 아빠와 아이들이 자주 만날 수

있으니 좋을 것 같았다. 추위를 많이 타던 나에게 열대 날씨인 필리핀
은 특히 더 좋았다.

그리고 2005년, 서현이 우현이와 함께 필리핀으로 갔다. 한국을 완
전히 떠났다는 서글픔을 생각할 겨를도 없이 이것저것 새로 시작하느
라 정신없는 나날을 보냈다.

그렇게 바쁘게 보내던 어느 날 외출하고 집에 돌아와 보니 우현이가
벽에 그림을 그리고 있었다.

"아악!"

깜짝 놀라서 그만하라 하려다가 문득 우현이가 처음으로 뭔가를, 우
현이 속에 있는 무엇인가를 꺼내고 있다는 느낌이 들었다. 기뻤다.

'아 이제 시작이구나!'

'드디어 우현이가 자기를 표현해주는구나.'

그 당시 살던 집은 꽤 넓었는데 한국과는 달리 대부분의 집들이 벽
에 벽지를 붙이기보다는 페인트칠을 하였다. 우리 집 벽은 흰색이었는
데 우현이가 멋지게 볼펜으로 주욱 그어놨던 거다.

사실 그림이라고 할 수 없는 낙서 수준, 아니 낙서도 아니고 형태 없
는 선들이었다. 우현이 마음속이 어지럽고 복잡한지 선들도 그랬다.

처음엔 커다란 종이를 사서 벽에 붙여주기도 하고 볼펜 대신 연필을
주기도 했다. 그러나 우현이는 볼펜을 고집했고 종이 위보다는 벽과
바닥에 그리고 싶어 했다. 1층 바닥은 타일이라 지울 수가 있었지만

벽에 한 낙서들은 지울 수가 없었다. 그래도 나는 기뻤다. 우현이가 뭔가를 표현하고 뭔가를 하고 있다는 사실이 기적 같았다.

필리핀에 도착한 후 한동안 우현이는 땅에 발을 디디려고 하지도 않을 정도로 낯설어했다. 차에서 내릴 때도 안아서 집 안으로 옮겨야 할 정도였다.

한국에서는 상상도 못 했을 일이지만 필리핀 생활에 적응해야 하다 보니 우현이를 집안일을 도와주는 도우미에게 맡기고 다닐 수밖에 없었는데 아마도 그래서 우현이가 정신을 좀 차린 건 아닐까 싶기도 했다. 엄마의 과잉보호로 특별히 무엇을 해야 할지 찾을 필요가 없었던 우현이가 혼자 남겨지니 나름 시간을 보내는 방법을 찾아낸 것이 낙서 아닐까?

지금도 우현이는 하루에 서너 시간, 아니 틈만 나면 그림을 그린다. 이젠 제법 얼굴도 몸도 팔다리도 있다. 일마 선만 해도 그야말로 졸라맨 수준이었는데 이젠 많은 것들을 그린다. 고침도 없다. 거침없이 한 번에 한 선으로 죽죽 그려나간다. 옆에서 지켜본 사람들이 저마다 한 마디씩 한다.

"피카소네!"

그림 김우현

누군가 너를 위해
기도하네

6개월의 필리핀 생활 유예 기간이 끝났다.

선진국이 아니라서, 가난하고 지저분한 나라여서, 위험한 나라여서, 영어 발음이 이상해서 등등 한국인에게 필리핀에 대한 인상은 대체적으로 좋지 않다. 그러나 어디를 가든 전쟁 상태가 아니면 위험한 건 비슷한 것 같다. 종종 필리핀의 한인 대상 범죄에 대해 크게 보도되기도 하지만 한국에서 일어나는 범죄도 무시무시한 사건이 많다. 지저분하기로는 빈민 지역이 아니라면 미국의 최고 도시라는 뉴욕이 더 지저분하다. 영어 발음이 안 좋다 해도 어디 필리핀 사람만큼만 영어로 말하고 듣고 해보시라. 물론 교육을 못 받은 필리핀 사람들은 영어를 잘 못

한다. 그들에게도 영어는 제2외국어이기 때문이다. 그러나 영화를 보러 가면 나는 못 알아듣는 영어도 그들은 알아듣는다. 그리고 나라가 가난하다 해도 행복은 돈으로 사는 게 아니라는 것을 증명이라도 하듯 필리핀 국민 행복 지수는 세계 1, 2위를 앞서거니 뒷서거니 한다.

필리핀은 의외로 살기 편안했고 내가 추운 날씨를 싫어하다 보니 덥지만 따뜻한 기후가 좋았다. 무엇보다도 한국에서 가까운 게 최고의 장점이었다. 그래서 아주 정착하기로 마음먹고 비자 신청까지 했다.

그런데 서현이가 학교를 옮기자 우현이가 다니던 유치원에서 쫓겨나 당장 보낼 곳이 없어졌다. 아무래도 특수교사도 아닌 일반 유치원 선생님이 외국인인 우현이를 돌보는 게 쉽지 않았나 보다. 심리 치료실 교육은 오후에 하기 때문에 나는 우현이를 다른 유치원에 보낼 때까지 마닐라 한인 성당 평일 미사에 매일 데리고 다녔다.

나도 무슨 마음으로 매일 데리고 다녔나 모르겠다. 지금 생각해보면 참 뻔뻔하기도 했다. 우현이는 가만히 앉아 있지도 못하고 아무 데나 누워버리거나 누가 조금만 뭐라 해도 소리를 질러댔다. 자폐아들의 특성인 상동이라고 하는 반복적인 행동이 우현이는 반복적인 단어 말하기로 나타났다. 차라리 아이들이 시끄럽게 떠드는 소리가 낫지, 같은 말을 반복하는 걸 듣기는 참으로 힘들었다.

그런 상태의 우현이면 어떠랴. 어쨌든 하느님 작품인데 말이다. 하느님 집에는 하느님의 피조물인 너도 나도 누구라도 들어갈 수 있는 것 아니냐는 마음으로 떳떳하게 성당에 데리고 다녔다.

처음에는 와서 말 걸어주는 사람이 없었다. 그런데 하루 이틀 지나고 나니 가끔 이렇게 말하며 가시는 분들이 있다.

"에고~ 너만 오면 기도가 절로 된다."

그 당시엔 신자가 된 지 얼마 되지 않았던 시기라 기도에 대해서 잘 몰랐다. 누가 그렇게 얘기라도 해주면 그냥 미소만 짓고 크게 상관하지 않았다. 다른 사람의 기도도 내 기도도 다 중요한 건 알았는데 네 건 네 거, 내 건 내 거 뭐 이런 마음이었달까? 하느님과 나 사이에서 일어나는 일들이 더 크게 느껴졌던 것 같다. 신앙생활은 각자 알아서 할 일이라는 생각으로 내가 원하는 방식으로 기도하고 그저 하고 싶은 단체 활동들을 해나갔다. 그리고 성당 교우분들의 가정들에 축복을 할 때나 병자를 위한 기도를 할 때나 장례가 나면 장례식장에 교우분들과 함께 다니며 기도했다.

처음엔 그렇게 하는 건가 보다 하며 따라 하기에 바빴다. 그러다가도 어느 땐 이 기도하는 마음이 과연 진심일까 하는 생각으로 혼란스럽기도 했다. 나는 뭔지는 잘 모르지만 함께 기도하면 기분이 좋으니까, 그리고 그 시간이 마냥 좋아서 혼란한 마음을 뒤로 접어두고 나의 기도가 진심 어린 기도가 되도록, 하느님께 청했다. 그리고 신부님, 수녀님들을 만나면 무조건 기도해달라 부탁했다. 만나는 분마다 성당에서 우현이를 보게 되니 당연 기도해주신다고 하셨다.

지금도 그렇지만 내 기도로는 부족하다는 생각이 많았다. 둘이나 셋이 모인 곳에 내가 함께하겠다고 예수님께서 말씀하셨으니 나 말고 다른 분들이, 특히 성직자나 수도자분들이 기도해주시면 더 좋을 것 같았다. 진심 어린 기도를 해주실 거라고 믿으니 말이다.

　그렇게 10년 남짓 신앙생활을 하는 동안 나는 정말 많은 분들의 기도로 위기의 순간마다 극복하며 살아가고 있는 것을 느꼈다. 태원 씨의 알코올 중독, 위암 조기 발견과 수술, 우현이의 기적 같은 학교생활, 서현이의 극적인 삶들 모두 힘들 때마다 많은 분들께 기도를 청하며 함께해주시기를 부탁했다. 나는 기도를 못해도 말이다.

　생각해보면 처음 신앙생활을 시작할 때 다른 교우분들에게 부러운 점이 남을 위한 기도를 할 수 있는 여유로움이었다. 나는 감히 남을 위한 기도를 할 힘이 없었다. 하다못해 내 가족을 위한 기도도 제대로 못했다. 그저 '주님의 뜻이오니 주님 뜻대로 하소서.'라고만 기도했다. 우현이가 일반 학교에 입학하고 태원 씨가 예능으로 성공할 때 주변 분들이 나에게 "바올리나가 열심히 성당 다니고 기도해서 그래." 하고 말씀하실 때마다 나는 대답하지 않았다. 그렇게 기도할 힘이 없었으니 말이다. 그리고 그런 말을 들을 때마다 속으로 '하느님께 영광!' 하며 감사 기도를 드렸다. 내가 칭찬받는 것이 뭔가 죄스럽던 중 그 대답이 나에게는 최고라는 것을 어느 수녀님을 통해 알게 된 후로는 늘 그렇게 했다.

그리고 시간이 지나면서 어려움에 처한 지인들이 우리 가족과 더 긴밀한 관계가 되어가는 것을 발견했다. 동병상련이라 했던가. 우현이와 함께 고통의 시간들을 보내왔던 세월로 그분들이 자신들의 고통의 순간에 우리 가족을 편하게 생각해주었던 것 같다. 말을 안 해도 눈빛만 봐도 서로 이해할 수 있는 그런 공감으로 우리 가족은 그분들과 함께했다.

　이제는 주변분들의 어려운 순간에 내가 어떻게 함께하면 좋을지 알게 되었다. 너를 보면 기도가 절로 된다던 그 한마디가 드디어 내가 할 수 있는 말이 된 것이다. 유명한 성가 가사처럼 마음이 아파서 기도할 수 없을 때, 눈물이 빗물처럼 흘러내릴 때, 누군가 기도를 대신해줄 수 있다는 것. 기도만큼 든든한 힘은 없다는 것.

　멀리서 조용히 기도해주어도 좋을 일이다. 그러나 사람은 말을 안 하면 모른다. 말 안 해도 아는 사람은 거의 없다고 생각한다. 몰라도 힘이 될 수 있지만 진심 어린 기도가 가능할 때 꼭 안아주며 누군가 널 위해 기도한다고 말해주면 더 좋다. 말하기 쑥스러우면 그 흔한 인터넷으로 '누군가 너를 위해 기도하네.' 성가 가사라도 보내주면 힘이 될 것 같다.

통합교육에 대한 갈망

　필리핀에 온 후 우현이가 달라진 점이 또 있다. 드디어 우현이가 장난감다운 장난감을 사달라 하기 시작한 것이다. 그냥 전시해놓을 장난감 말고, 갖고 놀기 위한 진정한 의미의 장난감 말이다.

　〈꼬마기관차 토마스와 친구들〉이라는 전 세계적으로 인기를 끈 유명한 어린이 텔레비전 프로그램이 있는데, 우현이가 그 프로그램에 나오는 많은 기차들과 기찻길에 관심을 갖기 시작한 것이다. 특히 나무로 된 기찻길을 조립하는 걸 좋아해서 우현이 스스로 온 집안에 기찻길을 만들며 놀았다.

　이 얼마나 기다리던 순간인가!

그림 그리기, 제한적이지만 장난감 갖고 놀기, 모두 반길 만한 일이었지만 더 반가운 변화는 따로 있었다.

다섯 살까지는 늘 내가 우현이의 목적지 없는 발길을 쫓아다녀야 했는데 드디어 우현이가 엄마가 안 보이면 불안해하기 시작한 것이다. 우현이가 그저 앞으로만 가는 것 같았지만 엄마가 따라오는지 중간중간 꼭 확인하며 걸어갔다.

그런데 최근 캠프를 하며 살펴보니 다른 자폐 아이들 역시 똑같이 확인하는 것이 아닌가? 나는 우현이한테 무슨 일이 생길까 두려워서 쫓아가기에만 급급했다. 만약 쫓아가지 않았다면 우현이는 되돌아오진 않아도 멈춰 서서 기다렸을 것 같다. 실제로 다른 아이들은 그렇게 서서 기다렸다.

생각해보면 꼭 장애아동들이 아니더라도 부모들이 아이를 키우면서 많은 시행착오를 겪는데, 대표적인 것이 기다려주지 않는 것이다. 아이들은 심심해야 궁리를 하고 그래야 창의력도 높아지고 스스로 뭔가를 할 수 있는 아이로 발전할 수 있는데 말이다.

우현이가 만 5세가 된 이후로 나는 우현이를 기다릴 수 있게 되었다. 우현이를 더 많이 믿어주기 시작한 것이다. 그러나 우현이에 대한 신뢰가 차츰 깊어지면서 우현이에게 또 다른 기대가 생겼고 그 기대는 나를 다시 괴롭히기 시작했다.

서현이를 키우면서 나는 둘째가라면 서러운 엄마로 치맛바람을 휘날리며 다녔던 그런 전적(?)이 있다. 서현이는 주어지는 대로 척척 잘해주었고 어디서나 환영받는 사랑스러운 아이였다. 어릴 때는 한국어와 영어 두 가지 언어를 동시에 하느라 말이 늦어 언어치료를 받으라는 말까지 들었지만 6세가 된 후 서현이의 모습을 본 주변 엄마들이 서현이가 해온 프로그램들을 따라할 정도로 내가 서현이에게 제공해준 모든 프로그램은 성공적이었다.

그러나 우현이에게는 아무것도 통하지 않았다. 나는 내 맘대로 되지 않는 것이 있다는 것을 우현이를 통해 처음 깨달았다. 그리고 대답 없는 우현이에게 아무것도 하기 싫었다.

지금도 나는 자폐에 대해 모르는 게 더 많다. 지인들에게 읽어보라며 많은 책들을 선물 받았지만 읽어본 책이 하나도 없다. 이상하게 들리겠지만 그냥 싫었다. 아이의 상태에 대해 깊이 파고들었을 거라 생각하지만 사실은 아니다.

사람들은 "엄마가 얼마나 고생했겠어요?" 하고 위로해주지만 실제로 우현이를 위한 고생이라기보다는 나 스스로를 괴롭히느라 고생한 것 같다. 우현이가 조금이라도 발전하는 모습을 보이기라도 하면 나는 아이가 할 수 있는 것보다 내 바람대로 했으면 좋겠는 것을 먼저 떠올리고 그렇게 했다.

예를 들어 "영화!" 이 한마디에 감동해서 영화를 보러 간다. 그리고 극장 안에서 소리 지르는 우현이를 데리고 서둘러 나온다. 다시 좌절한다. 이런 식이다. 수도 없이 이런 일들이 반복되고 반복되어도 나는 포기하지 않았다. 그리고 달라진 우현이를 보고 기대하는 것들이 생기면서 우현이를 일반 학교에 보내기 위한 싸움이 시작되었다.

자폐아들이나 지적장애아들은 본 대로 따라 하는 성향이 더욱 크다. 물론 어느 아이나 본 대로 들은 대로 따라 한다. 그러나 평범한 아이들과 우현이 같은 아이들의 다른 점은 상황에 따라 하면 안 되는 윤리나 도덕은 잘 모른다는 것이다.

대표적인 예가 어릴 때 폭력에 노출된 후 힘이 생기기 시작하면 부모에게 폭력을 행사하는 경우가 그것이다. 화가 나면 그렇게 하는 거라고 보고 배웠기 때문에 화가 나면 판단이 없이 그렇게 한다. 참으로 안타까운 일인데 그런 경우가 적지 않다.

그런 이유로 우현이가 일반 아이들을 보며 말도 배우고 행동도 배우기를 바라는 마음으로 나는 우현이를 데리고 통합 교육이 가능한 학교를 찾아 다녔다.

교육과
훈련의 차이

우리는 처음에 필리핀 마카티라는 도시에 자리를 잡았다. 우선은 낯선 곳에 대한 두려움으로 다른 지역은 가볼 생각을 못 했다. 이민 생활 10년이 지난 지금, 다른 지역에서도 거주하다 보니 우현이 어린 시절에 학교를 찾아 마카티만 이리저리 헤매고 다녔던 것이 후회가 된다. 거주지를 옮겨보니 의외로 좋은 특수학교가 많았다.

또 통합 교육에 너무 집중한 나머지 우현이에게 시기적으로 적절한 교육을 제공해주지 못한 것 같다. 이제 와서 후회해봐야 소용없는 일이지만 우현이가 어릴 때 조금 더 적절한 행동 치료가 이루어졌다면 지금보다 발전이 더 있지 않았을까 생각해보기도 한다.

필리핀으로 이주를 결정하고 병원에서 소견서를 받았을 때 이런 경고를 받았다.

"사회성이 떨어지는 경우에 언어는 제일 중요합니다. 영어권으로 가서 아이가 다시 다른 언어를 배워야 하면 처음부터 다시 시작하는 거라 생각하세요."

그랬다. 우현이는 낯선 환경에서 낯선 언어로 처음부터 다시 시작해야만 했다. 그러나 나는 한국을 떠날 당시 이렇게 생각했다. '우현이만 중요한 것이 아니다. 나, 태원 씨, 서현이도 중요하다. 지금 우리 넷이 건강하게 함께 살기 위해서 우현이가 좀 늦게 가더라도 떠나겠다.' 그리고 우현이는 소리 없이 천천히, 아주 천천히 적응해갔다.

마카티에서 자리를 잡은 후 서현이는 필리핀 현지 국제 학교에 입학했다. 그러나 우현이는 집 근처에서 받아주는 유치원을 찾을 수가 없어 한국에서처럼 심리 치료를 하는 센터에 다녔다. 하루 세 시간씩 놀이 치료, 행동 치료, 심리 치료 등등 우현이에게 필요한 모든 교육이 센터에서 이루어졌다. 나는 그때 깨달은 것이 있다. 자폐 아동들에게 주어진 것이 교육이 아니라 훈련이라는 것을.

처음엔 선생님들에게 따졌다. 우리 아이가 강아지도 아닌데 어떻게 그렇게 훈련을 시키느냐고 말이다. 과자 몇 개를 우현이 앞에 두고 행동을 수정하도록 훈련을 시키고 있는 모습을 보자 가슴이 찢어지게 아팠다. 그리고 한참을 충격에서 벗어나지 못했다. 이제는 그런 훈련이 익숙하다. 이제는 우현이의 어릴 때 교육에 관한 이야기를 할 때는 교육 과정이라는 표현보다는 훈련이라고 이야기한다.

아이가 어릴 때는 엄마도 어린 아이라는 생각이 든다. 아이와 함께 자라는 것이 아닐까. 그래서 엄마들의 모임에서 우리는 자주 그런 말을 한다. 아이 나이가 엄마 나이라고.

한국의 센터와 비교하기는 그렇지만 필리핀 심리 치료실에서의 행동 치료는 우현이의 실생활에 필요한 많은 것들을 훈련시켜주었다. 예를 들어 양치하는 방법, 목욕하는 방법, 화장실을 깨끗이 사용하는 방법, 옷을 입고 벗는 방법 등등 가정에서나 배울 것 같은 그런 기본적인 것들부터 깜깜한 곳에서 영화 보기, 엘리베이터 타기 등등 하나 하나 세심히 훈련시켜주었다. 사실 이런 것들은 가장 기본적인 생활 습관으로, 일반 아이들 같으면 가정에서 당연히 훈련이 끝나야 하는 것들일 수 있지만 우리 아이들의 경우에는 단시간에 끝날 훈련이 아니어서 센터에서 진행한 습관 들이기 훈련은 참으로 유용했다.

우현이가 여덟 살이 되자 영화를 보러 극장에 갈 수 있게 돼서 정말 행복했다. 아이와 함께할 것들을 찾지 못하던 중 극장에서 영화를 함께 본다는 것은 우현이와 새로운 관계를 맺을 수 있는 희망의 시작이었다.

그렇게 센터에서 몇 달을 보낸 후 서현이가 다니는 학교에 우현이를 보낼 수 있었다. 우현이는 일반 유치원 마지막 과정에 입학해서 오전에는 학교, 오후에는 센터를 계속 다녔다.

그러나 유치원 생활은 힘들었다. 보통 우현이 같은 성향의 아이들은 누가 자기를 컨트롤할 수 있는지 금방 감지한다. 일단 자기 마음대로 해보고 그게 통한다 싶으면 그때부터는 완전히 자기 세상이다. 유치원에서는 우현이의 행동을 크게 제지하지 않고 그냥 내버려두었다. 특수교사가 상주해 있는 상황도 아니었고 선생님들도 방법을 몰라 그냥 내버려두었던 것이다.

우현이는 대부분의 시간을 교실 바닥에 누워 있었고 밖으로 나가 돌아다녔다. 그럼에도 일반 아이들 틈에서 무엇이라도 보고 배우겠지 하는 마음으로 미안하고 안타깝지만 유치원 생활을 계속하게 했다. 센터에서의 훈련과 유치원에서의 교육이 일치하지 않은 상태로 그렇게 매일을 보냈다.

그렇게 몇 개월 후 시현이가 다른 학교로 옮기면서 우현이는 그 유치원에서 쫓겨났다. 그동안은 누나가 있어서 받아주었지만 서현이가 더 이상 다니지 않으니 우현이를 안 받아주겠다는 거였다. 우현이가 일반 아이들과 함께 지내는 것이 유일한 희망이란 생각으로 다시 우현이를 받아줄 일반 학교를 찾아 이리저리 헤맸다.

한국의 유치원과 학교의 시설은 상당한 수준이다. 그러나 필리핀의 학교 시설, 특히 내가 가본 특수학교 시설은 너무나 낙후되어 있었다.

깨끗하고 잘 지어진 곳에 익숙해 있던 나는 처음 특수학교를 방문한 후 며칠을 울었다. 더운 필리핀 날씨에 에어컨 시설도 없는 곳, 더군다나 결벽증까지는 아니더라도 비위가 약하고 깔끔한 아이를 그렇게 지저분하고 낡은 곳에 보낼 생각을 하니 힘들었다. 필리핀의 최고 도시라는 마카티에 있는 특수학교가 그 정도라면 다른 곳은 볼 필요도 없겠다 싶었다. 교육의 질을 생각할 겨를도 없이 나는 필리핀에서 특수학교 보내기를 포기했다.

그리고 통합 교육의 갈망으로 우현이를 데리고 다시 한국으로 왔다.

장수초등학교

통합 교육에 대한 희망으로 한국에는 왔지만 막상 한국에 오자마자 우현이를 일반 학교에 보낼 수는 없었다. 우현이의 한국어 이해 수준이 두세 살 정도도 되지 않아서 사실 엄두가 안 났다. 결국 우현이를 정신병원에서 운영하는 낮 학교라고 하는 특수학교의 형식을 띈 센터로 보냈다.

우현이는 센터에서 본능적으로 한국에서 영어가 통하지 않는다는 것을 알고 영어와 한국어가 함께 있는 그림 사전을 끼고 다녔다. 한국어를 다시 배우는 것을 오히려 재미있어 하는 것 같았다. 어쩌면 기억하고 있던 것을 다시 말할 수 있어 좋았던 것일지도 모르겠다.

사실 언어가 사회성에 크게 작용하는 점을 생각하면 필리핀에서 또다시 한국으로 온 것은 상당한 모험이었다. 그러나 우현이는 한국에 돌아온 것을 좋아하는 것 같았다. 한국에 다시 적응해야 하는 상황이었지만 엄마와 늘 함께 있을 수 있다는 것만으로도 행복해 보였다. 아마도 언어뿐 아니라 필리핀 사람에 대한 낯섦도 힘들었던 모양이다.

당시 서현이는 이런저런 우여곡절 끝에 필리핀에서 남아프리카공화국으로 옮긴 상태여서 나는 한국에 거주하며 우현이에게 완전히 집중할 수 있었다. 우현이는 필리핀에서 받은 교육과 훈련이 성과가 있었음을 보여주었다.

"우현이가 생각보다 할 줄 아는 게 많더라고요."

센터에 다닌 지 두 달 후 선생님의 반응이었다.

그렇게 8개월 정도 지났을 때 아는 분께서 아들을 필리핀으로 유학을 보내고자 나에게 상담을 청하였다. 전화 상담 중에 그분은 왜 필리핀에 갔다가 다시 한국으로 왔는지 물었고 나는 우현이 이야기를 했다. 이야기를 듣던 그분이 "내가 특수교사로 20년을 지내고 있는 사람입니다. 왜 학교를 안 보내세요? 통합 교육은 절대적으로 필요합니다." 하였다. 나는 그분에게 "한국 학교에서 장애 아동들이 왕따를 당하는 현실 때문에 도저히 엄두가 안 나네요." 하고 말하였다. 이어진 그분의 말씀.

"사랑받는 아이는 어디를 가나 사랑받습니다."

'그렇지! 우현이는 어딜 가나 사랑받는 아이지!'

나는 그 말씀에 힘을 얻어 우현이를 보낼 수 있는 학교를 알아보기 시작했다. 그러나 이미 2월 초여서 도시의 좋다는 학교의 특수 학급은 이미 정원이 다 찬 상태였다. 그러던 중 전라도 장수에 있던 지인을 통해 장수초등학교 특수반이 아주 좋다는 정보를 듣게 되었다. 그렇게 해서 우현이는 4학년 나이에 초등학교 1학년으로 입학하게 되었다.

입학 후 처음에는 우현이와 같은 학급의 부모님들이 덩치 큰 우현이를 보고 상당히 우려를 하는 것 같았다. 또래 아이들 중에서도 체격도 좋고 키도 큰 편이었던 우현이가 4학년 나이에 1학년으로 입학했으니 1학년 학부형들 눈에는 얼마나 커 보였겠는가? 혹시라도 자신의 아이가 우현이에게 맞기라도 하는 건 아닌지 염려가 컸을 것 같다.

그러나 그런 우려가 기우였다는 것은 학기가 시작하고 얼마 지나지 않아 바로 증명되었다. 우현이는 측은지심이 많은 아이다. 자기보다 어리고 작은 아이들이 넘어지기라도 하면 제일 먼저 날려가서 일으켜 주기도 하고 우유를 잘 쏟는 1학년 아이들을 위해 쏟은 우유를 휴지로 닦아주기도 하며 형, 오빠 역할을 톡톡히 해주었다. 물론 가끔 시도 때도 없이 같은 말을 반복하는 자폐아의 특성으로 수업에 방해가 되기도 했지만 그런 점들 덕분에 아이들이 재미있어 하기도 했다고 한다.

그렇게 우현이의 통합 교육이 성공적으로 이루어지고 있다고 여길 때 즈음에 서현이가 향수병으로 남아공에서 필리핀으로 돌아오고 싶어 했다. 힘들어하는 아이를 그냥 놓아둘 수 없어서 결국 서현이는 필리핀 학교로 돌아왔고 나는 세 집 살림을 시작했다. 태원 씨는 서울에, 우현이는 장수에, 서현이는 필리핀에 있어서 나는 이렇게 세 곳을 날아다니며 8개월을 보냈다.

그러다 2010년 10월 어느 날, 태원 씨가 우현이를 필리핀으로 데리고 가 서현이와 함께 살았으면 한다고 나에게 말했다. 연애 10년 그리고 결혼 13년간 태원 씨는 언제나 내 결정을 존중해주었고 본인 뜻을 주장한 적이 한 번도 없었던 터였다. 그래서 태원 씨의 주장을 무시할 수 없었다. 태원 씨의 뜻대로 우현이는 다시 필리핀으로 가게 되었다.

우현이와 필리핀으로 돌아가기로 결정한 후 3일 동안 나는 잠을 이룰 수 없었다. 그동안 애쓴 보람이 한순간에 무너진 느낌이었던 것 같다. 그러나 그동안의 방황이 나의 집착에서 비롯되었다는 것을 깨닫자 모든 것을 내려놓게 되었고 나는 통합 교육에 대한 갈망에서 드디어 해방되었다. 오히려 통합 교육에 대한 갈망으로 아이도 선생님도 나도 늘 조마조마하며 보냈던 시간들이 헛되게 느껴졌다. 이제는 안전하게 그리고 편안하게 특수학교를 보내고 싶어졌고 그렇게 했다.

그리고 2년 동안 나는 우현이의 교육에 대해서만큼은 걱정 없이 편안하게 일상을 즐겼다.

Alone!
엄마방

필리핀에서 특수학교에 다니던 우현이가 일반 학교 1학년으로 입학하라는 통보를 받을 즈음 특수학교에서 특별한 행사가 있었다.

우현이는 당시 두 곳의 특수학교에 다니고 있었다. 필리핀의 특수학교 과정이 대부분 하루 3시간으로 제한되어 있어서 방과 후 오후에는 특별히 할 일이 없던 터라 오전 오후 나누어 두 군데를 보내게 된 것이다. 개별적인 치료보다는 아이들과 함께 어울리며 학교에서 사회성을 키우는 것이 낫다는 생각에 그렇게 했다.

필리핀은 가톨릭 국가여서 학교에서 매주 금요일마다 미사 시간을 갖는다. 우현이도 가톨릭 세례를 받은 상태였고 학교에서 미사 참례를 하는 것도 하나의 교육 연장선이라 좋았다. 그 당시에는 필리핀 한인 성당 미사에 우현이를 데리고 다니지 못했다. 미사 시간 중 우현이가 움직임이나 소리를 내는 경우가 있어 다른 사람들에게 피해를 끼치고 싶지 않아서였다.

가톨릭 미사 전례 중에 영성체라는 의식이 있는데 의미를 이해할 수 있는 2학년 정도의 나이가 되면 일정 교육을 받은 후 영성체를 할 수 있는 의식을 치른다. 우현이는 2학년보다 나이가 많았지만 의미를 알 수가 없을 거라는 생각에 영성체를 하지 못하고 있었다. 그러던 중 특수학교에서 아이들 특성상 개인적인 의식을 치르지 못한 아이들을 위해 학교 행사로 영성체 교육을 시키고 의식을 치를 것이라는 연락이 왔고 우현이도 대상자로 선정이 되었다고 했다.

그리고 어떤 교육을 받았는지 알 수는 없었지만 영성체 의식을 치르기 하루 전날 갑자기 자기 방에서 혼자 자겠다고 했다. 무슨 일이지? 어른이 되는 거라고 배웠나? 알쏭달쏭 궁금해하며 처음으로 우현이 없이 큰 침대에 덩그러니 누웠다. 덩치가 나이에 비해 큰 편인데 잠잘 때마다 꼭 안아달라 하며 아기처럼 내게 딱 붙어 자던 우현이가 하루아침에 자기 방에서 자겠다며 뚝 떨어지니 처음엔 아이고 편하다 하며 큰 침대에서 이리 뒹굴고 저리 뒹굴고 했다.

그런데 시간이 지날수록 허전하다. 이거야말로 시원섭섭이다. 한참을 천장을 바라보며 곧 오겠지 하고 기다렸는데 안 온다. 아 허전해. 내 머리카락을 만지다 잡아당겨 아프게 하고 그 크고 무거운 팔로 안아달라며 날 껴안던 우현이가 귀찮아서 발로 밀어내기도 하고 너무 무겁다며 화를 내기도 하고 했었는데 막상 가버리니 그렇게 금방 그리워질 줄이야.

그리고 그날 이후 집에서만큼은 절대로 나와 같이 자자며 오지 않는다. 물론 새벽에 한 차례 일어나 학교 가기 전에 내 침대로 와서 잠시 껴안아주기는 한다. 아주 잠시.

서현이가 한국에서 아빠랑 생활하기 시작한 다음부터 나는 서현이를 보기 위해 한국에 그전보다 더 자주 가게 되었다. 그때마다 우현이를 데리고 다닐 수가 없어 자주 떨어져 있게 된다. 며칠 못 보다가 필리핀에 도착해서 자고 있는 우현이 방에 가서 슬쩍 누우면 우현이가 눈을 뜨고 밀어낸다.

"Alone!"

혼자 있겠다는 말이다. 그리고 손가락으로 문을 가리키며 말한다.

"엄마 방!"

나보고 내 방에 가서 자라는 말이다. 섭섭하기도 하고 대견하기도 하다. 그래도 섭섭한 마음이 더 커 한마디 한다.

야속한 놈!

1학년으로
입학하다

필리핀의 여름은 3월 중순부터 6월 중순까지다. 한여름 체감 온도가 섭씨 40도를 넘는 데다가 대부분의 학교에 에어컨 시설이 없어서 한여름에 학교 수업은 불가능하다. 그래서 필리핀은 매년 6월에 새로운 학년을 시작한다. 최근에는 미국 학기제를 따르기 위해 변화가 있지만 아직까지 초등학교는 6월에 신학기가 시작된다.

우현이는 특수학교에서 잘 적응하며 지냈다. 그러던 2012년 어느 날 마지막 주간 수업을 앞두고 특수학교 선생님에게 연락이 왔다. 우현이가 이제는 일반 학교에 갈 준비가 됐다며 신학기에 일반 학교 1학년으로 입학을 시키라는 연락이었다.

몇 년 동안 통합 교육에 대한 갈망으로 이리저리 헤매느라 지쳐 있던 나는 단번에 거절했다.

"아니, 난 좀 편히 살고 싶어요. 더 이상 통합 교육에 미련 없어요."

대답이 끝나기가 무섭게 옆에서 우현이가 "New schoolbag(새 책가방) 사줘? Grade school(초등학교)!" 한다.

어? 이게 무슨 일이지? 정신을 차리고 보니 우현이가 스스로를 자랑스러워하고 있는 것이 보였다.

"정말? 우현이 Grade school(초등학교) 가고 싶어?"

"네~"

우현이가 대답했다. 아! 기적이 또 일어났다. 모든 것은 포기하는 순간에 이루어진다 했었나? 그렇게 우현이의 통합 교육이 자연스럽게 이루어졌다.

우현이가 일반 학교 1학년으로 입학은 했는데 초등학교 6학년 나이에 입학을 하게 되서 책상과 의자가 작을 것이 분명했다. 그러나 나는 차마 우현이를 위해 특별히 1학년 교실에 커다란 책상과 의자를 놔달라 요구할 수가 없었다. 또 한편으로는 우현이가 보통 아이들이랑 다른 책상을 원할 것 같지 않았다. 자기보다 한참 어리고 작은 아이들이지만 우현이는 친구로 생각할 것 같았다. 그래서 일부러 그런 요구를 하지 않았다.

예상은 적중했다. 어느 날 학교에 가서 우현이가 수업을 받는 모습을 보았다. 유난히 덩치가 큰 우현이가 한국 아이들에 비해 유난히 작은 아이들 틈에서 같은 크기의 책상을 앞에 두고 그 작은 의자에 끼어 있듯 앉아 있는 것이 아닌가. 그런 상황에서도 아이들 틈에서 열심히 손 들고 발표도 하고 큰 소리로 선생님 말씀에 대답도 잘하고 아이들 표정을 살피기도 하며 잘 어울리고 있었다. 이젠 그야말로 우현이의 학교생활에 대한 걱정은 그만해도 되겠다는 생각이 들었다.

수업을 못 쫓아갈까 염려도 되었지만 웬걸! 한 학기 끝나고 받은 성적이 90점이다. 그리고 난 기쁜 마음에 우현이 성적을 자랑하며 덧붙인다.

"1학년 수업만 4년을 들었는데 당연하지!"

그러면서도 내심 걱정은 되었다. 2학년, 3학년에 가서까지 잘할까?

사람의 바람은 끝이 없다. 아이가 아프면 '그저 아무것도 바라지 않으니 건강하게 크게만 해주세요.' 하고 기도한다. 그리고 건강하게 되어 뭐라도 잘하게 되면 더 더 더 잘하길 바란다.

아, 간사한 엄마의 마음이여!

우현이는
행복해

일반 학교에 입학했다고 해서 특수학교를 그만둔 것은 아니었다. 여전히 특수학교 학생으로 우현이가 따라갈 수 있는 학년에 들어가서 일반 아이들과 수업을 함께하는 형태로 통합 교육이 이뤄졌다. 특수학교 학생이면서 잘하는 과목이 있는 경우에 과목별 수업을 듣기도 한다. 우현이는 뛰어나게 잘하는 과목은 없었지만 모든 학과 수업을 1학년에서 일반 아이들과 함께 시작하였다. 그야말로 6년 재수생이다.

아이들이 자라는 시기에 다른 아이들보다 조금만 뒤처지는 것이 있어도 부모들은 상당히 당황한다. 특히 어릴수록 더하다. 늦게 걷는다, 말이 느리다, 글 읽기가 느리다, 신발 끈을 못 맨다 등등. 그러나 빨리 걷는다고 모두가 달리기 1등은 아니다. 말을 빨리 잘한다고 공부를 잘하는 것도 아니다. 글 읽기가 빠르다고 글을 잘 쓰는 것도 아니다. 신발 끈을 못 맨다고 못 걷는 것도 아니다.

때가 되면 다 알아서 할 수 있는 것들을 다른 아이들과 비교해가며 내 아이의 특성이나 장점을 무시한 채 똑같아지게 하려는 엄마들의 교육 방법은 정말 큰 문제라고 생각한다. 사람은 누구나 예쁜 면이, 누구나 잘하는 것이 분명히 있다. 내 아이가 바라는 것이 무엇인지 잘 아는 것이 먼저인데 내가 바라는 대로만 키우려고 한다.

어쩌면 나는 우현이가 내 마음대로 되지 않았던 것 덕분에 많은 것을 얻었는지도 모른다. 특히 서현이가 수혜자다. 나는 서현이가 눈치 채지 못할 만큼 멀리서 큰 울타리를 쳐두고 마음껏 놀게 했다. 공부하라는 말을 한 적이 한 번도 없다. 물론 서현이가 태어나면서 아빠랑 너무 똑같이 생기는 바람에 어느 정도 기대하지 않은 부분도 있었지만.

그러나 기대하진 않았지만 나는 태원 씨에 대한 신뢰가 컸던 만큼 서현이에 대한 신뢰도 컸다. 이제 와서 생각해보면 '믿는 마음'만큼 더 좋은 교육은 없다. 믿어준다는 것은 기다려줄 수 있다는 것이다. 서현이는 자유 안에서 스스로 자기가 좋아하는 것과 잘할 수 있는 것, 해야 할 것과 하지 말아야 할 것을 구분했다.

물론 단점도 있다. 관심을 받지 못했다고 생각해서 사춘기 때 부모를 많이 원망했다. 그러나 그것도 때가 되면 다 깨달을 일이라서 그저 기다렸다. 기다림이란 참으로 위대한 사랑이다. 나에게는 스스로 나를 칭찬할 만한 점이 하나 있다. 나는 늘 기다렸다. 믿음 안에서.

우현이의 경우도 그랬다. 이미 약 10년간 시행착오를 거쳐와서인지 더 이상은 내가 바라는 것에 대한 미련을 갖지 않았다. 그러고 나서 보니 우현이가 하고 싶어 하는 것들이 하나하나 생기기 시작했다.

어느 날 길을 가다가 '태권도' 간판을 보더니 태권도 학원에 가겠단다. 우현이 어릴 적, 나는 몇 달 동안 태권도를 시킨 적이 있었다. 사범님이 우현이 허리에 끈을 묶어 연결해놓고 가르쳐야 할 정도로 산만했던 시절이었는데 정말 고통스러웠다. 그래서 중간에 포기했었는데 스스로 가고 싶다고 했다. 혹시나 하고 다시 시작했는데, 어머나! 너무 열심히 잘 따라 하고 규칙까지 잘 지킨다. 기적이 또 일어났다.

나는 우현이를 너무 무시했다. 할 줄 아는 게 없을 줄 알았던 거다. 그리고는 수영을, 드럼을, 미술을, 이제는 기타까지 배우러 다닌다. 이 많은 것들을 일주일 동안 다 하려면 하루가 짧다.

어느 날 문득 우현이의 얼굴을 보니 이보다 더 행복할 수 있을까?

"그래! 우리 아들 행복하니 엄마도 행복하다!"

세상 모든 부모가 원하는 것이 있다면 바로 자식의 행복일 것이다. 태원 씨와 나는 우현이가 이미 행복하다는 것을 깨달았다. 더 이상 우현이와 싸울 일도, 우현이를 걱정할 일도, 우현이에게 바랄 것도 없다.

우현이는 행복하니까!

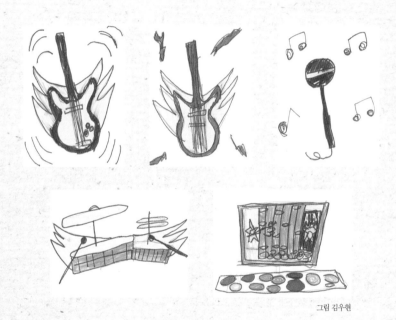

그림 김우현

우현이의
언어

    나는 서현이와 우현이가 아기였을 때부터 책 읽기 습관을 들이기 위해 우유를 먹일 때마다 그리고 재울 때마다 늘 책을 읽어주었다. 그래서 그런지 우현이는 책을 좋아했다.

    그러나 우현인 누나의 성향과 많이 달랐다. 책을 읽어주면 유난히 한 페이지에 집착해서 그 부분만 계속 읽으라고 했다. 그리고 식사 시간이 되면 식사하는 그림이나 음식 그림이 있는 그림책을 가져와 펼쳐 놓고 뚫어지게 바라보며 밥을 먹었다. 특별히 하는 말이 거의 없었고 나이가 서너 살이 되어서도, 대여섯 살이 되어서도 필요한 말 특히 먹고 싶은 것만 단어로 말했다.

사실 우현이는 태어난 지 두 돌도 안 되어 한글을 읽었다. '고양이'라는 단어를 가르쳐주면 그 다음엔 '고' 자, '양' 자, '이' 자를 따로 분간해서 읽을 줄 알았다. 처음엔 글씨를 한 번만 가르쳐주어도 읽을 수 있어 우현이가 천재인가 싶기도 했다. 자랑도 많이 했다. 우현이가 다른 아이들보다 뭔가 빨리 익히는 것이 있다는 사실이 자랑스러웠다. 그리고 좀 늦지만 말문이 금방 터질 거라 기대했다.

그러나 환상은 오래가지 않았다. 우현이는 문장의 뜻을 몰랐다. 우리가 영어 책을 읽을 줄은 알아도 뜻은 모르는 것과 같이. 그리고 해가 거듭되어도 발전하는 모습을 찾기가 어려웠다. 좋아지는 것 같다가도 다시 제자리걸음, 아니 뒤로 퇴보하지 않는 것만도 다행으로 여겨야 했다.

지금도 내가 자주 하는 말이 있다.

"태어난 지 1년이 지나면 말귀도 알아듣고, 말도 좀 하게 되고, 걷기 시작하면서 엄마가 편해지는데, 우현인 10년을 태어난 지 1년도 안 된 아기처럼 키웠어요."

아직도 우현이는 그다지 말이 없다. 자기가 필요한 것이 있을 때만 말을 한다. 밥! Water please(물 주세요), 돈가스? Time zone(게임장)! 등등. 앞뒷 말 안 해도 무슨 말을 하는지 다 아니까 나도 습관적으로 알아듣고 원하는 대로 해준다. 그나마 이젠 제법 말을 이해해서 더 이상 소리를 지르지 않으니 살 것 같다.

어쩌면 우현이의 표현 방법이 우리 삶에선 더 필요한지도 모르겠다.
필요 없는 말로 남에게 상처주고 상처받고 사는 게 우리 인생 아닌가.
그래서 그런지 우현이의 얼굴은 아직도 두 살배기 아기처럼 해맑다.
"어떻게 저렇게 덩치가 큰데 귀엽지?"
우현이를 만나는 사람들의 반응이다.
서현이가 초등학생 때 우현이를 생각하며 쓴 시 한 편을 소개한다.

우리의 천사, 저의 동생

저의 어릴 적에 저의 가족에게 천사가 왔습니다
그는 우리 가족에게 빛이자 어두움이었습니다

항상 미소를 짓고 울음을 터트리는 그 천사는
사람과의 말을 힐 수 없었나 봅니다

날이 갈수록 더욱더 어두움이 차고
우리의 마음에 있는 촛불은 더욱더 작아졌고
우리 가족의 꽃은 한 송이씩 떼어지고 떼어졌습니다

하지만 그 어두움 안에는 무지개가 있다는 것을 알았습니다

그 촛불은 언젠간 더욱 밝아질 수 있다는 것을 알았습니다

그 꽃은 씨가 있어 언제나 다시 필 수 있다는 것을
더욱더 아름다운 꽃으로 필 수 있다는 것을
저는 깨달았습니다

저의 어릴 적에 저에게 동생이 내려졌습니다
우리의 동생은 가족의 빛이자 어둠입니다

항상 미소를 짓고 울음을 터트리는 그 아이는
사람과의 마음이 통하지는 못하지만
저는 믿습니다

인간과의 말을 못하는 나의 동생은
하느님에게는 말을 할 수 있는 천사라는 것을

우현이의
검색어

　차츰 내 품에서 떠나는 우현이를 보고 있으면 섭섭하기도 하지만 든
든한 마음도 든다.

　두 아이들이 커갈수록 부모는 나이가 들고 그러면서 역할이 조금씩
바뀌어가나 보다. 서현이는 이제 나만 보면 자기가 엄마인 양 행세한
다. 엄마를 혼자 못 있게 하겠다는 둥 귀엽다는 둥…… 최악은 나를
보며 "우쭈쭈~ 우리 엄마 그랬어요?" 이러는 거다. 참. 나. 원! 이젠
자기가 어른이 된 것 같은가 보다. 그래도 기분이 나쁘지는 않다.

　우현인 아직 그 정도는 아니지만 제법 청소년 태가 난다. 목소리도
이젠 청년의 목소리다. 콧수염, 턱수염이 면도를 해야 할 정도다. 얼굴

이 외할아버지를 닮아서 그런가 아빠한테는 없는 털이 다리에 부슬부슬하다. 하는 행동은 아기 같은데 몸은 청소년기다. 아직도 새벽마다 한 번씩은 그 커다란 체격으로 내 품에 안기고 싶어 안아달라 연발하지만 그럴 때마다 '이제는 엄마보다 우현이가 크니 엄마를 안아줘' 하면 폭신폭신한 팔 가득히 나를 안아준다.

음악을 듣는 수준도 꽤 된다. 서현이가 우현이가 듣는 음악을 배울 정도다. 피는 못 속이는지 역시 록이나 헤비메탈을 좋아한다. 참으로 신기한 건 우리가 어릴 때 열광하던 팝 음악을 우현이가 듣고 있다는 거다. 30년 세월이 지난 지금에도 우현이가 아빠와 같은 음악을 듣고 같은 노래를 좋아하는 모습이 신기하다. 같은 혈통이라 정서도 같은 걸까?

보고 자란 것이 영향을 줄 수밖에 없겠지만 서현이가 기타를 레슨 없이 스스로 터득하며 배운 것이라든지 노래를 만들고 가사까지 쓰는 것을 보면 참 신기하다. 사실 태원 씨와 나는 서현이가 딸이라서 음악을 할 거라고는 생각도 못 했다. 아기 때부터 음악이 나와도 보통 아기들처럼 몸을 흔들지 않아서 별반 기대를 안 했었던 것 같다. 그러던 서현이가 기타를 치게 되자 태원 씨는 무척 좋아했다.

보통은 아들이 아빠를 따라 기타리스트가 되겠다고 하면 물심양면으로 지원해줄 터이지만 우리는 은연중에 우현이에게 그런 기대는 하지 않았다. 그런데 이제는 우현이가 드럼도 배우고 있고, 기타도 배우고 있고, 보컬 레슨까지 받기를 원한다. 그야말로 음악 가족이다. 최근에는 아빠의 콘서트 무대에서 퍼커션으로 연주도 함께했다. 생각보다 할 줄 아는 것이 많은 우현이인데 너무 기다리기만 했었나 보다.

우현이는 육체적으로는 이제 1, 2차 성장기가 다 지난 것 같다. 하는 행동은 아직도 아기 같아서 여전히 만화 캐릭터 가방을 들고 싶어 하는데 몸은 커서 그 나이에 할 만한 것은 다 한다.

어느 날 우연히 서현이와 함께 우현이 컴퓨터를 켰다가 화들짝 놀랐다. 컴퓨터 바탕 화면에 여자 사진이, 그것도 치마를 입고 허리를 구부려 엉덩이가 보이는 그런 사진이 있다. 우현이가 도대체 어떻게 그런 바탕 화면을 찾았을까 싶어 검색어를 찾아보니 아이고~ '엉덩이'다.

서현이는 이걸 어째 하며 바탕 화면 사진을 바꾸고 다시 그런 거 못하게 한다며 나름 컴퓨터에 조치를 취한다. 그러나 소용없다. 우현이의 컴퓨터 실력도 만만치 않은걸.

우현인 요즘도 가끔 내가 갑자기 방 문을 열고 들어가면 깜짝 놀라며 노트북을 딛고 눈치를 본다. 그런 건 누가 안 가르쳐줘도 어찌 그리 아는지 참. "너 뭐했어?" 그러면 첫 마디가 "병원 안 가요."다. 성장기라서 혹시나 하는 마음에 잘 씻게 하고 자기 몸으로 장난치지 못하게 하려고 협박성으로 병원에 가서 주사 맞아야 한다고 했더니 그러나 보다.

나는 그런 행동이 반갑다. 그 나이에 해야 할 것을 안 하는 것이 더 이상한 게 아닌가. 그래서 나는 우현이의 검색어 '엉덩이' 이야기를 자주 한다. 우리 아들이 이만큼 컸어 하고 자랑하고픈 마음인가 보다.

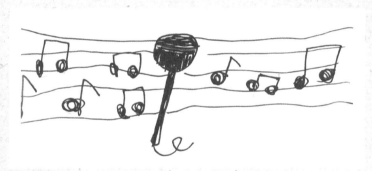

그림 김우현

나를
늘 지켜줄 사람

    태원 씨가 예능인으로 많이 알려지면서 그룹 부활도 덩달아 스케줄
이 많아졌다. 방송은 물론이고 전국 순회 공연에 해외 공연까지 정말
눈코 뜰 새 없이 바빠졌다. 태원 씨는 부활의 해외 공연에 언제나 나를
동행시키곤 한다. 다니기 좋아하는 나를 위해서이기도 하고 혼자 덩그
러니 호텔방에 있는 것보단 낫기도 해서인가 보다.

    해외 공연 시 체류 기간이 그다지 길지는 않더라도 지내는 며칠 동
안 딱히 할 일이 없는지라 나는 어디를 가던 근처에 성당이 있는지부
터 찾아본다. 물론 매일 미사 참례가 내 생활의 1순위인 이유가 가장
크다.

콘서트를 기획하시는 분들 중 가톨릭 신자가 있으면 최고로 좋다. 호텔에서부터 성당까지 오고 가기가 불편할 때 성당에 가는 길에 흔쾌히 데리러 와주시기 때문이다. 지금 이 시간을 통해 그동안 공연했던 많은 곳에서 나를 데리고 성당에 다녀준 많은 분들께 다시 한 번 감사드린다.

나와 태원 씨는 하루 생활 방식이 너무나 다르다. 내가 일어나는 시간에 태원 씨는 자고 있고, 태원 씨가 한참 활동을 하는 밤 시간에 나는 자기 시작한다. 한 공간에서 24시간을 지낸다 해도 두 사람이 마주하는 시간을 계산해보면 길어야 하루의 3분의 1 정도다.

그래서 나는 태원 씨가 좋아하는 영화를 끝까지 본 적이 거의 없다. 영화가 시작하는 음악 소리와 함께 잠들어버린다. 그리곤 새벽에 일어나서 처음부터 다시 보거나 재미있는 영화일 때는 태원 씨가 함께 다시 봐주기도 한다.

몇 해 전 미국 LA에서 부활의 공연이 있었다. 태원 씨는 역시나 호텔방에서 잠자기를 즐기고 있었고 나는 아침 미사를 혼자 참례하고 돌아왔던 참이었다. 특별히 할 일이 없어 태원 씨 옆에 누워 텔레비전을 틀었다.

재미있는 프로그램이 없을까 이 채널 저 채널 돌리던 중 눈길을 끄는 장면이 있었다. 지적장애인 할아버지가 노모를 자전거 뒤에 태우고 어딘가 시골길을 가는 장면이었다. 할아버지의 형은 결혼을 해서 자녀들과 살고 있었고 이 할아버지는 홀로 노모와 함께 살고 있었다. 대부분의 지적장애인분들이 성실한 것처럼 할아버지도 변변한 일자리는 없었지만 성실해서 마을에서 인기 있는 일용직 근로자였다. 할아버지는 논일 밭일을 해서 번 돈을 어머니에게 갖다드리며 행복해했다. 이렇게 그저 평범하게 일상을 보내는 지적장애인 할아버지와 노모의 모습을 흐뭇한 마음으로 보고 있었는데 내 눈에서 갑자기 하염없이 눈물이 흘렀다.

거동이 불편한 엄마를 위해 자전거 뒤를 나름 머리를 써서 개조하여 엄마가 앉을 자리를 마련해놓고 작아진 엄마를 번쩍 안아 뒤에 태우고서 엄마가 가고 싶은 곳에 데려다주는 할아버지, 엄마에게 맛난 걸 사드리려 돈을 벌기 위해 동네 이곳저곳을 기웃거리는 할아버지, 그리고 벌어온 돈을 엄마에게 몽땅 드리며 행복해하는 할아버지의 모습을 보며 나는 알았다.

그래! 하느님이 나를 돌보라고 우현이를 보내주셨구나. 작고 늘 징징대는 이 엄마를 지켜주라고.

세상 사람들은 내가 우현이를 끝까지 지켜주어야 한다고 생각하지만 사실은 그 반대였던 거다. 내가 죽을 때까지 나를 지켜줄 사람, 바로 우리 아들.

세상의 눈으로 보면 걱정 근심에 내 마음은 한없이 나락으로 떨어진다. 그러나 하느님의 눈으로 보면 이보다 더 사랑스러운 사람이 있을까 싶을 정도로 사랑받는 행복한 우현이 아닌가?

내 곁에서 늘 나를 꽉 껴안아주고 뽀뽀해주는 우리 아들. 김우현! 사랑해!

3

오래전 이야기가
다시 되살아날 때

유
치
원

계
단

우현이가 태어나기 전까지 태원 씨와 나는 유난히 딸바보였다. 10
년의 연애 기간 그리고 결혼 후 3년 동안, 임신에 어려움을 겪은 터라
더 그랬던 것 같다. 지금은 결혼을 늦게 하는 것이 사회 전반적인 분위
기지만 그때만 해도 서른두 살 나이에 아기를 낳는다는 것은 집안에서
는 걱정거리, 병원에서는 특별관리 대상이었다.

첫 아이를 임신하자 양쪽 집안은 축제 분위기였다. 시어머니께서 유
난히 걱정을 많이 하셨고 형제자매가 많았던 우리 집안에서도 10년
만에 생긴 아이라 더욱더 반가워했다. 특히 내 위로 언니들이 셋이 있
는데 서현이가 태어나자 동생의 아기는 자기 아이보다 더 예쁘다며 행

복해했다. 노산인 데다 어릴 적부터 약했던 나는 하루가 머다 하고 언니들 집으로 서현이를 데리고 가서 지내곤 하였다. 그렇게 서현이는 많은 사람들의 축복 속에서 태어나고 자랐다.

서현이는 예쁘게, 사랑스럽게 자라났다. 어찌나 순하던지 잘 우는 법이 없었다. 하긴 가만 생각해보면 나는 서현이에게 초 집중했던 것 같다. 기저귀를 적시기 전에 이미 서현이 표정이나 몸짓만 봐도 뭘 하고 싶은지 느낄 수 있어서 배변 훈련도 꽤 빨리 끝냈다. 가만 살피다가 느낌이 오면 변기에 앉혀 용변을 보게 하니까 서현인 잠잘 때도 기저귀를 적시지 않고 자다 깨서는 손가락으로 화장실을 가리켰다. 8개월 때는 우유를 달라 하면서 징징 울기에 "울지 말고 우유 해봐" 했더니 그 다음부터는 정말로 아기가 "우유" 하고 말을 하는 게 아닌가. 물론 발음이 정확하지는 않았지만 엄마인 나는 알아들을 수 있었다. 마음 약한 우리 둘째 언니는 그런 나를 보고 어떻게 아기에게 그러느냐며 마음 아프다며 눈물까지 흘렸지만 나는 엄마의 예민함으로 서현이가 충분히 그렇게 할 수 있을 거란 걸 알았다.

그렇게 서현인 아기 때부터 한 번 안 된다고 말하면 같은 행동을 다시 반복하는 법이 없어 나를 힘들게 하지 않는, 명심할 줄 아는 아이였다. 어디를 가든지 기다리기도 잘해서 한 번 기다려야 한다고 말해주면 자기 순서가 올 때까지 언제 시작하느냐 언제 끝나느냐 묻는 법이 없었다. 이모네 집이 충북 음성 근처라서 자동차로 한 시간 거리였는데 오며가며 할 때도 언제 도착하느냐고 묻는 적이 없었다. 엄마인 나도 그 점은 참 궁금했다. 왜 언제 도착하나 묻지 않는지 말이다.

지금의 서현이를 보면 이제야 그 이유를 알 것 같다. 일단 아주 아기 때부터 이모네 집을 다녀서 가는 길을 익혔기 때문이었을 거다. 서현이의 예술적 감각은 관찰력을 보면 더 느낄 수 있는데 여간 뛰어난 게 아니다. 나는 관찰력 실력이 100점 만점으로 치면 10점도 안 되는 수준이라 관찰력 좋은 사람들을 이해하기가 힘들다. 반면 태원 씨와 서현이는 관찰력이 뛰어난 사람들이라서 어떨 땐 섬뜩하다. 좀 잊어주면 좋으련만 카메라로 찍어놓은 듯 기억하니 말이다.

서현인 두 언어를 동시에 익히느라 말이 정말 느렸다. 다섯 살 때도 유치원 같은 반 아이들이 서현이가 무슨 말을 하는지 잘 못 알아들을 정도로 말이다. 하지만 그 점이 서현이에게 단점만 되진 않았던 것 같다. 말을 잘 못 하니 말 잘해서 힘들게 하는 아이들과는 달리 미냥 아기 같았다. 어찌나 천진난만했던지 늘 사람들의 사랑을 받았다. 그러니 엄마인 내게는 얼마나 더 예뻤겠는가. 나는 우현이를 임신했을 때도 체격이 좋았던 서현이를 불룩한 배 위에 안고 다녔다. 지나가는 사람들이 체구가 작은 엄마가 커다란 아이를 안고 다니는 것을 보고 "좀 내려놓으시죠?" 할 정도였다.

그렇게 사랑스럽고 예쁜 우리 딸 서현이를 유치원에 처음 보내놓고는 아이가 안쓰러워 태원 씨와 나는 유치원 버스를 못 태우고 직접 통학을 해주기 일쑤였다. 그리고 수업이 끝나고 계단을 내려오다 엄마 아빠가 보이면 헤~ 하고 웃는 서현이를 보고 싶어서, 그저 내 아이가 웃는 모습이 보고 싶어서 우리 둘은 그렇게 매일 유치원 계단 앞에 서 있었다.

지금 생각해보면 동생이 태어난 후로 어려운 시간이 많았던 서현이가 그래도 사랑스러움을 잃지 않은 것은 그렇게 축복 속에서 자라서였던 것 같다.

유치원 계단을 서현이도 기억하고 있을까?

네버 엔딩 스토리

　서현이도 보통의 여자 아이들과 같이 신데렐라, 백설공주, 잠자는 숲속의 공주 등 공주 영화를 좋아했다. 못된 마녀의 괴롭힘과 훼방에도 착한 여자 주인공 혹은 공주가 멋진 왕자님과 사랑에 빠져 행복하게 오래오래 함께 사는 그런 영화.

　지금은 노트북, 아이패드 등으로 쉽게 다양한 공주 영화를 다운로드하여 언제든 반복해 볼 수 있지만 그때만 해도 가정에서는 비디오테이프로 영화를 볼 수가 있었다. 아이들은 재미있는 영화를 발견하면 테이프가 늘어져서 못 볼 때까지 같은 영화를 반복해서 보았고, 아예 대사를 외워 왕자 공주 놀이를 하기도 했다. 서현이도 예외는 아니었다.

서현이는 공주가 되고 싶어서 영화에 나오는 공주 흉내를 많이 내곤 했다. 이모네 집에 놀러가 낡은 옷이라도 있으면 몸에 걸치고 걸레를 찾아와서 콧노래를 부르며 마룻바닥을 닦았다. 신데렐라가 된 서현이 덕에 나와 나의 언니는 마녀, 새엄마 역할을 수도 없이 해야 했다. 아마도 딸 가진 엄마들은 거의 경험한 이야기가 아닐까.

그러던 어느 날 서현이가 내게 물었다.

"엄마, 우리 이야기도 비디오지요? 우리 이야기는 언제 끝나요?"

이건 또 무슨 말이래? 서현이는 다른 아이들과 비교하면 말이 많이 늦었던 편이라 앞뒤 빼먹고 말하는 경우가 많았고, 설명이 부족해 가끔 알아듣기 힘들곤 했다. 나는 어떻게 대답해야 할지 몰라서 잠시 머뭇거렸다.

그러다 서현이가 왜 그렇게 질문했는지 짐작이 갔다. 어떤 공주 이야기든 이야기가 끝이 나야 왕자와 행복하게 오래오래 사니까 이야기가 언제 끝나는지 궁금했던 거다. 그리고 서현이도 이야기 속 주인공, 예쁜 공주가 되고 싶은 마음에 '우리 이야기도 비디오지요?' 하고 물었던 거다.

나는 서현이에게 "우리 이야기는 끝나지 않아. 영원히. 엄마가 서현이를 낳았고, 서현이도 아기를 낳을 거고, 그 아기가 또 아기를 낳을 거고. 그래서 우리 이야기는 영원히 계속될 거야." 대답했다.

나는 태원 씨에게 이 이야기를 해주었다. 태원 씨는 이 이야기를 들고 그 당시 작사, 작곡을 마친 곡에 '네버 엔딩 스토리'라는 제목을 붙였다.

이런 사연으로 제목이 지어진 곡들이 인기를 얻을 때는 우연이 아니었음을 느낀다.

우리의 사랑 이야기니까.

우리 몸도
음악이지요?

태원 씨를 떠나 아이들과 캐나다에 다녀온 후 많은 변화가 있었다.

우선 나는 우현이를 데리고 병원에 가서 정확한 진단을 받기로 결심했다. 우현이의 상태가 너는 미룰 만한 상태가 아니라는 판단이 들었고, 자폐증에 대한 올바른 치료를 위해 적어도 나만큼은 뭔가를 해야했다. 그 시작이 정확한 진단이었다. 이는 있는 그대로의 우현이를 받아들일 준비가 되었다는 의미였다.

두 번째 변화는 말이 느려 언어 치료를 받으러 다니라는 말까지 듣던 서현이가 만 5세가 되자 영어와 한국어를 동시에 유창하게 하게 된 것이다. 서현이와 나의 관계에서 성립된 신뢰가 빛을 보던 순간이었다. 나는 서현이에게 말이 느리다고 조바심 내는 모습을 한 번도 보인 적이 없다. 누가 아이 말이 늦는 것 같다고 하면 그럴 수도 있다고, 다른 데 관심이 많아서 그렇다고 얘기하며 서현이를 안심시켜주었다. 사실이 그러니까. 물론 이건 내 개인적인 의견일 수 있지만 말이다. 아마 말하기에 대해 다른 아이들과 비교하며 키웠다면 서현이가 표현하고자 하는 모든 것들을 자유롭게 하지 못했을 것 같다. 그리고 서현인 한꺼번에 많은 걸 증명해주었다. 그 시작이 바로 한국어와 영어를 동시에 능통하게 구사하는 거였다.

그리고 마지막으로 달라진 점은 몇 년 동안 히트곡 없이 잊혀져가던 부활이 '네버 엔딩 스토리'라는 곡으로 다시 세상에 알려지기 시작했다는 것이다. 보컬로 다시 합류한 L씨도 그 당시 대중의 인기가 떨어져가던 시점이었다. 그는 과거 부활의 최고 보컬이라는 명성에 걸맞게 태원 씨의 곡을 완벽히 소화해주었다. 두 사람은 누구보다도 잘 어울린다는 걸 증명이라도 하듯 함께 부활을 세상에 알렸다.

우리 셋이 캐나다에서 돌아온 그해 초가을, 앨범 발매 기념으로 서울의 한 호텔에서 저녁 무렵에 야외 공연을 하게 되었다. 서현이가 태어나서 처음으로 아빠의 공연을 보는 날이었다.

엄청나게 큰 드럼 소리와 베이스 소리가 쿵쿵쿵쿵 온 야외무대에 울려 퍼지고 현란한 기타 연주 그리고 아름다운 키보드 선율이 합쳐져, 그야말로 밤하늘의 공기를 가르며 부활의 부활이 시작됨을 알렸다.

수많은 사람들이 부활의 공연을 보러 왔다. 관객들은 음악에 맞춰 박수와 함성을 보내며 뛰기도 하고 팔을 들어 같은 동작으로 움직이기도 했다. 그야말로 온몸으로 부활의 음악과 함께함을 보여주었다.

관중들의 한가운데 앉아 이런 모습들을 보고 있던 서현이가 내 귀에 대고 가슴 벅찬 목소리로 말을 하였다.

"엄마, 심장이 밖으로 튀어나올 것 같아요."

그리고 관중들과 함께 팔을 높이 들어 휘저으며 말했다.

"엄마, 우리 몸도 음악이지요?"

아! 태어나면서부터 아빠와 똑 닮아 아빠와 비슷할 거란 예감은 했지만 이렇게 감성까지도 같을 줄이야! 그때 그 순간이 아직도 잊히지 않는다.

나는 그저 함께 팔을 휘저으며 내 온몸도 음악이 되기를, 그리고 서현이의 사랑스러움으로 아빠의 음악이 영원하기를 소망하였다.

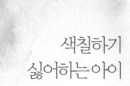

색칠하기
싫어하는 아이

"아빠! 물이 색이 있어?"

"물은 색이 없지~"

"아빠! 물은 색이 없는데 왜 나는 도화지에 파란색으로 칠해야 돼? 너무 힘들어."

"그럼 칠하지 마~ 선생님한테 그렇게 얘기해~"

태원 씨와 서현이의 대화다. 일명 '게으름의 극치' 부녀다. 그렇지만 서현인 아기 때부터 지금까지 그림 그리기를 참 좋아한다. 그러나 색칠은 여전히 no! 그나마 색칠을 하려면 물감을 물에 타서 큰 붓으로 쓱쓱 싹싹 칠하면 그만이다. 크레파스는 거들떠도 안 본다. 색칠하기 싫어하는 건 우현이도 마찬가지다. 우현인 연필로 그리기도 싫어한다. 살짝만 힘주어도 죽죽 나가는 볼펜만 고집한다. 아이들의 그림 솜씨는 아빠를 닮은 건데 역시나 태원 씨도 연필로 그리기만 좋아한다. '똑같아요' 가족이다.

"엄마 나 그냥 누워서 좀 먹으면 안 될까?"

"그러면 체해~"

"안 체해. 아빠도 누워서 먹는데?"

으이그~ 우현이도 엎드려서 간식 먹으며 책 읽기, 게임하기가 취미다. 밖에서 과자나 아이스크림을 사주면 집에 도착할 때까지 먹기를 참는다. 누워서 먹으며 취미생활 하기가 그렇게도 좋은가 보다.

서현이가 자기 방에서 아침 식사를 하고 싶다고 해서 갖다 주고 다 먹었나 들여다보니 그야말로 '아이고'다. 누워서 책 보며 식사 중이다. 이걸 어쩜 좋아!

태원 씨는 어릴 때부터 또래 아이들보다 몸이 컸다 한다. 밤에 자다가 깨면 누워서 눈 감은 채로 늘 빵이나 과일을 먹고 다시 잠들었다고 한다. 어찌 이런 것까지 닮나 싶다.

서현인 아빠의 외모뿐 아니라 손가락, 발가락, 심지어 걷는 모습까지 똑같다. 특히 서현이가 자라면서 성격까지 똑같은 걸 느낀다. 그래서 사실 일찌감치 서현이가 공부를 잘할 거란 기대는 접었는데 이게 웬일! 아빠의 욕심 많고 지기 싫어하는 성격을 닮아 나름 학교 성적이 상위권이다.

그러나 드디어 올 것이 왔다. 중학교 1학년 어느 날 아침, 학교 갈 시간이 다 되었는데도 일어나지를 않아 방으로 가보니 "엄마, 나 학교 가기 싫어."

"응. 가지 마~"

두말 않고 방문을 닫고 나왔다. 그래서 나는 고정관념이 하나 생겼다. 얼굴이 닮으면 성격도 닮는다.

그러고 보니, 우현이가 처음 태어났을 때 얼굴을 보고 내 첫 마디는 "에고~" 고집불통 외할아버지랑 어쩜 그리 똑같이 생겼는지 깜짝 놀랐다. 내가 내 아버지를 닮은 건 생각도 안 하고 말이다. 역시나 우현인 한 고집 한다. 아니, 하나둘 개수로 세라면 천 고집은 한다.

그럼 나도 고집 센 여자였나?

우울증

2012년 10월 4일. 서현이가 필리핀을 떠났다.

어느 날 서현이 방 문을 열고 들어가 보니 팔을 뾰족한 뭔가로 긁어 대서 피투성이다. 기만 보니 이미 예전에 생긴 흉터가 여럿 있다. 그동안 긴팔을 입고 다녀서 처음 봤다. 학교가 냉방 시설이 잘돼 있어서 아이들이 모두 재킷 하나쯤은 걸치고 다녔기 때문에 가리고 있으면 볼수가 없었다.

이렇게까지 심했었나?

어느 날인가부터 학교에 가기 위해 아침에 일어나는 것을 힘들어했다. 아이를 단 한 번도 깨워본 적이 없을 만큼 늘 알아서 잘 일어나던 아이가 점점 더 못 일어났다. 그뿐 아니라 학교도 자주 빠지고 그나마 학교 가는 날도 한두 시간 지각하곤 했다.

나는 이 모든 상황을 받아들일 수가 없었다. 도대체 무슨 일이 일어나고 있는지 생각하기조차 싫었다. 결국 학교에서 더 이상 봐줄 수 없다는 통보를 받고서야 정신과 진료 예약을 했다. 그리고 그야말로 청천벽력이 따로 없었다.

우울증 약을 처방받았다.

우울증이라고?

나는 의사에게 화를 냈다. 내 동의도 없이 어떻게 약을 처방할 수 있느냐며 따져 물었다. 그리고 서현이에게 이럴 수는 없다며 다른 병원으로 가자고 했다. 결국 두 번째 병원에서 상담 진료와 우울증 약을 처방받았다.

그리고 서현이의 자해를 막기 위한 싸움을 시작했다.

필리핀은 기후 특성 때문인지 등교 시간이 빠르다. 학교와 집에 거리가 있어 서현이가 집에서 출발하는 시간은 늦어도 새벽 6시 20분이었다. 1교시 시작이 7시 30분이라 학교에 7시 전엔 도착해야 하기 때문이다. 그리고 수업은 3시 20분에 끝났다. 술이나 진통제를 다량으로 복용한 날이 자해를 하는 날이라는 이야기를 들어서 나는 감시하기 위해 서현이의 등하굣길을 쫓아다녔다.

유난히 과거에 섭섭했던 것들을 끄집어내 울고불고한다면 이미 우울증 약을 처방받아야 할 정도가 된 것이다. 서현이가 그랬다. 당시 서현이가 열여섯 살이었는데 여섯 살 유치원 때 섭섭했던 것까지 다 끌어내서 울고불고하는 것이었다.

아니, 그렇게 오래된 것까지 가슴에 묻고 있었어? 나는 변명 아닌 이유를 설명해주었고, 엄마 아빠가 사랑하는 거 알지 않느냐 이야기하며 안아주곤 했다. 하지만 그런 말과 행동들은 아무 소용이 없었다.

나는 그저 사춘기라 그렇겠지, 아빠를 닮아서 다른 아이들보다 사춘기를 심하게 앓는가 보다 하며, 또 사춘기를 일찍 겪을수록, 심하게 겪을수록 아이가 더 성장하고 성숙해진다는 지인들의 말을 위로 삼아 그저 하루하루 버텨갔다.

당시 내가 제일 잘했다고 생각하는 것 중 하나는 화를 내지 않았다는 것이다. 미안한 마음에 화를 낼 수도 없었지만 사춘기 아이를 극복하는 방법을 알려주는 책을 통해 대화법을 익혔기 때문이다.

정말 간단한 대화법인데 예를 들어 서현이가 이유도 없이 화를 내면 '기분이 나빴어? 화났어? 그랬구나, 슬펐구나. 기분이 안 좋았구나. 화났구나.' 하며 마음을 헤아려주기부터 한다. 그러면 일단 진정이 된다. 그리고는 '왜 그랬는데? 왜 화났어? 엄마가 그랬어? 친구가 그랬어? 어머나! 어떻게 그럴 수가!' 하며 편을 들어주며 이유를 묻는다. 그러면 아이는 자기 이야기를 하게 된다.

아이의 말을 다 듣고 나서, 혹은 아이가 이야기를 하지 않는다 해도 서현이의 행동에 대해 내가 어떻게 느꼈는지 내 감정을 솔직하게 이야기한다. '엄마도 기분이 나빠. 엄마는 지금 슬퍼. 엄마도 화내고 싶어. 엄마도 화가 나.' 그러면 아이는 일단 화나는 마음을 가라앉히고 자기 생각을 말하고 엄마의 마음도 헤아려준다. 단, 절대 판단하는 말은 하면 안 된다. '네가 몇 살인데 그러니? 네가 몇 학년인데 아직도? 어떻게 자식이 엄마한테 그러니?' 같은.

아마 이런 대화법을 쓰지 않았다면 아직도 서현이와 나는 감정의 골이 깊어질 대로 깊어져서 관계가 더 악화되었을 것이다.

그러나 서현이는 결국 우울증을 극복하지 못하고 아빠와 함께 지내고 싶다는 본인의 희망에 따라 학업을 중단하고 한국으로 갔다.

서현이는 필리핀을 떠난 후 엄마에게 더 이상 화를 내지 않았다. 그리고 오히려 엄마를 괴롭혔다며 미안해했다. 그리고 이미 다 큰 어른이 된 마냥 엄마를 안고 뽀뽀해주고 그야말로 누가 엄마인지 알 수 없을 정도로 엄마를 좋아하는 티를 냈다.

나는 지금도 사람들 앞에서 "내가 엄마거든!" 하며 기쁘고 좋은 맘 반 자랑하고 싶은 맘 반으로 말하곤 한다. 서현이 역시 사람들을 만나면 엄마를 얼마나 사랑하는지, 또 얼마나 그리워하는지 이야기하곤 했다. 그래서 나는 사춘기가 끝나가는 과정이라고만 생각했다.

아직 우울증이 계속 남아 있다는 생각은 하지 못했다.

'15 Choi

그림 김서현

서현이가
떠나던 날

서현이가 필리핀을 떠난 날 나는 응급 상황으로 병원에 입원했다. "이제부터는 내가 서현이를 잘 봐줄게." 하는 태원 씨의 말을 듣고 안심이 되어 온몸의 세포들이 긴장을 다 놓아버렸나 보다.

비빔국수 딱 한 젓가락 먹었을 뿐인데 갑자기 배탈이 나기 시작하더니 주체할 수 없이 쏟아내기 시작했다. 그리고 음식은커녕 물 한 모금도 목구멍으로 넘길 수가 없었다. 아침에 서현이가 떠난 후 자정이 다 되었는데도 같은 상황이 계속되다 결국 구급차가 와서 탈수라는 진단과 함께 병원으로 가게 되었다.

며칠 동안 증상이 계속되었고 이게 바로 죽어가는 건가 느끼며 그저 누워만 있었다. 한국에도, 지인들에게도 알리지 않았다. 서현이 상태가 심각하니 내 몸 상태까지 알리고 싶지 않았던 것 같다. 다행히 새로 주입한 약이 효과가 있어 퇴원할 수 있었다.

이제 서현이는 어떻게 되는 거지? 서현이가 그저 살아만 있어주면 좋겠다. 무슨 짓을 해도 좋다. 아무것도 안 해도 좋다. 그냥 살아만 있어줘. 그 이상 뭘 바랄 수 있어 내가.

길을 가다가 서현이가 다니던 학교 여학생들이 교복을 입고 지나가는 것을 보면 유난히 눈물이 쏟아졌다.

아직 아기인데. 아직 엄마 품에서 어리광 부릴 나이인데. 아직 엄마 곁에서 여자로 성장해야 하는데.

더 이상 엄마 곁에 있기를 포기한 서현이에게 한없이 미안했다. 아무것도 해줄 수 없는 엄마가 돼서 미안했다. 일단 서현이의 상태를 받아들이려고 애썼다.

이게 뭐지?

두 달간 휴식 차 여행을 다녀왔다. 진정한 홀로서기라 할까? 가족들 곁을 떠나 오롯이 이현주로 떠난 건 처음이었다. 걱정 근심 없이, 이렇다 할 생각 없이 다녔다. 이런 걸 무념무상이라 하나 보다. 어떻게 나에게 이런 황홀한 시간이 주어진 걸까? 큰 선물 보따리를 받고는 너무 좋아서 어찌할 바를 몰라 포장도 못 뜯는 아이처럼 그저 웃으며 다녔다.

그렇게 긴 여행 후 오랜만에 지인들을 만나 이야기 보따리를 풀고 집으로 돌아오는 길에 전화벨이 울렸다. 낯선 번호는 받지 않는데 그날은 그냥 전화를 받았다.

서현이가 다니는 센터의 담임선생님이라는 소개와 함께 서현이가 지금 약을 과다 복용하고 센터 친구에게 연락했다고 한다.

무슨 일이야 도대체!

얼른 서현이에게 전화를 거니 일단 전화는 받는데 목소리에 힘이 없고 졸리다는 말만 반복했다. 집에 도착하자마자 응급실로 뛰었다. 119를 불러 조금 더 빨리 갔어야 하는데 상황 파악을 제대로 못 하고 집에 가서 직접 데리고 가느라 위세척 처치까지 한 시간이나 늦어졌다.

혹시라도 이 글을 보는 우울증 자녀를 가진 부모님들은 참고하기 바란다. 얼마나 심각한지 깨닫는 것이 일단 중요하다. 복용한 약이 온몸으로 퍼지기 전에 일분일초를 다투어 처치하지 않으면 내장 기능에 큰 손실이 오게 되고 그렇게 되면 살았다 하더라도 앞으로의 생활에 큰 지장이 온다는 것이다.

엄청난 소식에 쓰러질 틈이 어디 있어. 그야말로 정신 줄 어디다 꽉 붙들어 매고 스스로에게 정신 차려! 하고는 서현이를 응급 중환자실로 옮겼다. 안타깝게도 서현이 옆에 있을 수가 없었다. 중환자실이라 일단 혼자 집으로 와야 했다. 이제 해야 할 일은 간 손상 여부를 확인하기 위해 최소 48시간을 기다리는 것이다. 그리고 그 후엔 정신과 치료와 입원을 결정해야 한다.

폐쇄 병동. 말만 들어도 무섭다.

우현이가 자폐 진단을 받을 때의 경험 때문에 서현이를 폐쇄 병동에 입원시키라는 권유에 크게 반대했다. 절대 안 된다고 생각했다. 그러나 퇴원할 때가 다가오자 앞으로 서현이를 어떻게 보호해야 할지 방법을 찾아야 했다. 자살 재 시도를 막기 위해서 말이다.

내 입으로 차마 하기 힘든 말.

자살.

마음속으로 거부하는 마음이 심해서 말도 뱉기 힘든가 보다.

안타까운 점은 서현이가 본인 스스로 얼마나 엄청난 일을 저질렀는지 모른다는 거다. 서현인 긴 잠에서 깨어나 중환자실의 수많은 생명줄을 보고서도, 의식 없는 환자들 틈에서도 심각성을 깨닫지 못했다. 부모 역시도 심각성을 깨닫기까지 꽤나 오랜 시간이 걸렸다. 자녀의 병을 인정하고 싶지 않은 마음으로 두려움과 죄책감 사이를 오고 간다. 나는 서현이는 괜찮을 거라고, 내가 옆에 있어주면 좋아질 거라고 믿었다.

48시간이 지나고 퇴원하던 날 나는 서현이에게 함께 입원하자고 설득해서 이천에 있는 정신병원으로 갔다. 그리고 앞으로는 엄마의 결정에 따라야 한다는 것을 알렸다. 너를 보호하기 위해 엄마가 할 수 있는 최선의 방법이니 따라달라고. 네가 엄마였다면 어떻게 하겠느냐는 말과 함께.

막상 담당 주치의를 만나보니 내가 생각했던 것보다 상황이 심각했다. 서현이는 안전 병동 즉 폐쇄 병동에 입원해야 했다. 엄마인 나 역시 앞으로 우울증이 염려된다는 진단이 내려졌다. 서현이와 함께 한 방에서 지낼 수 있다는 희망으로 짐 왕창 싸들고 왔는데 이게 무슨 날 벼락이람. 눈물부터 왈칵 쏟아졌다. 서현이에게 그저 미안했다. 그리고 서현이는 안전 병동으로, 나는 개인 병동으로 입원했다.

서현이가 우울증 진단을 처음 받았을 때 너까지 엄마를 힘들게 하느냐고 말했던 게 후회됐다. 서현인 늘 나에게 미안해했다. 그리고 잘하고 있다고 믿게 했다. 좀 더 세심한 관찰이 필요했는데 속으로 곪고 있던 걸 몰랐다. 생산적인 일들을 만들어가며 스스로 하루를 정리하는 모습이 대견하기까지 했다.

두 달의 여행 끝자락에 나는 뉴욕에서 서현이와 열흘을 함께했다. 대학 진학을 희망하고 있는 서현이가 대견해서 오고 싶다는 말 한마디에 비행기 표를 구해주었다. 뉴욕에 오기 전 서현이는 열흘간 의료 봉사를 위해 세부에 다녀오기도 했다. 자발적으로 봉사를 결정하고 다녀온 터라 서현이의 우울증은 다 치료됐다고 믿었다. 봉사 첫날과 이튿날은 왜 이런 데를 소개했느냐며 투덜거렸지만 3일째 되던 날부터 너무나 행복해하며 "엄마, 고마워. 너무 행복해. 아이들이 너무 예뻐." 하고 몇 번을 말했다. 이렇게 행복해하니 깜빡 속을 수밖에.

이게 바로 함정이었다. 우울증 자녀와 부모님들이라면 주의해야 할 점이다. 입원 첫날 서현이의 면담에서 그 사실을 알게 되었다. 서현이는 세부와 뉴욕에 다녀와서 다시 자기 생활로 돌아가기가 너무 힘들었다고 했다. 봉사활동이나 여행을 다녀오면 본업에 더 충실하게 되는 것이 일반적인데, 서현이는 그 반대였다. 자기의 허전한 마음을 채우려고 억지로 이것저것 다 해보고 있었던 것이다. 몸은 지쳐도 하루 종일 그렇게 열심히 다니다 보면 허전한 마음이 채워질 줄 알고 말이다.

1년 넘게 새로운 계획을 하나하나 늘려가는 모습을 대견해했던 태원 씨와 나는 그런 사실을 전혀 생각지도 못했다. 따지고 보면 딸의 우울증을 인정하고 싶지 않은 마음이 앞서 우울증 약을 끊고 열심히 사는 서현이가 더 이상 우울증이 아니라고 안심했던 것 같다.

서현이는 아빠의 작은 오피스텔에서 한국 생활을 시작했다. 그러나 서현이의 상태를 제대로 파악할 수 없었던 우리는 서현이를 이해하기가 힘들었다. 너무나 예민해서 언제 폭발할지 모르는 성격이라든지 그냥 잠만 잔다든지. 서현이 마음을 도무지 헤아릴 길이 없었다.

우울증에 대해 연구하고 이해하는 시간을 빨리 가졌더라면, 정신과 진료와 항우울증 약 복용을 통해 치료가 더 빨랐을 것이고 자살 시도라는 엄청난 결과를 초래하지 않았을 것 같다. 소문이 날까 두렵기도 했고, 그 정도 심각한 건 아닐 거라는 기대와, 금방 좋아질 거라는 희망이 뒤엉켜 제대로 받아들이지 못했다. 환자와 보호자 모두 병에 대한 인식이 부족해서 치료도 늦어지고 병이 더 악화되었던 거다.

우울증뿐만 아니라 모든 병에 대한 이해가 그런 것 같다. 받아들이기 힘든 상황에 분노하며 원망하고, 몸이 아픈데 마음이 더 병들어가는 것 말이다. 암이라는 진단을 받으면 죽음을 연상하다 우울증까지 앓는 경우를 많이 보았다. 환자 당사자만 그런 것이 아니라 보호자도 함께 병들어가는 것을 보면 현실을 받아들이는 것이 참 어려운 거라는 생각이 들었다.

실제로 우리 가족처럼 장애인 아이가 있는 가정에서는 장애아 형제자매나 부모들이 우울증을 앓는 경우가 많으며 장애라는 것을 받아들이지 못해 진단도 거부하고 적절한 치료를 받지 못하고 있는 경우도 많다.

이번 경우도 그랬다. 우울증 약을 끊고 새로운 생활을 하고 있는 아이를 보며 안도감에 아무 의심을 하지 않았다. 심지어 일이 일어난 뒤에도 사태의 심각성을 깨닫지 못했다. 병원에 입원시키는 것조차 거부부터 했다. 사회 통념상 신경정신병원에 입원했다는 기록을 남기는 것에 대한 두려움노 컸다.

무엇보다도 반복되는 이야기지만 병이라는 것을 받아들이지 못했다. 서현이도 입원 후에도 자신이 왜 입원했는지 잘 모르겠다고 했다. 대체로 우울증 환자들이 본인이 아프다는 인식을 잘 못 해 항우울제 복용을 거부하다 돌이킬 수 없는 상황까지 다다라 결국 죽음에 이른다.

두렵다. 이 모든 사실들이. 병원에 입원해 있는 동안만큼은 안심이다. 안전장치가 있으니 말이다. 앞으로의 문제는 퇴원 후 어떻게 감시

하나이다. 부모의 심정을 자식이 어떻게 알 수 있을까? 그저 살아만 있어준다면 고마운 것을.

오늘은 서현이가 안전 병동에 들어간 지 4일째 되는 날이다. 어제 아빠와 함께한 면회에서 우리는 내 한마디에 엄청 크게 웃었다.

"이게 뭐지?"

태원 씨도 나도 서현이도 같은 마음일 것이다. 우리 스스로도 자각하기 힘든 상황 중에 놓여 있기 때문에 이 말이 딱이다.

뭐가 뭔지 아직 잘 모르겠다.

이건 또 뭐지?

태원 씨와 언니 그리고 남동생이랑 조카가 면회를 왔다. 오랜만에 가족이 함께하는 느낌이라 좋았다.

병실 생활이 적응하기 쉽지는 않을 텐데 서현이는 엄마 아빠를 만나면 잘 지낸다고 했다. 처음 입원하고 며칠 동안보다는 한결 나았다. 한동안 잘 지내는 척하는 것이 목소리에서 느껴져 마음이 안 좋았는데 나름 깨우친 점이 있나 보다. 엄마 마음으로는 이것도 저것도 다 안쓰럽다.

입원한 다음 날 면회 갔을 때가 생각난다. 응접실 근처 의자에 서현이와 나란히 앉아 이야기 중이었는데 뒤에서 이상한 소리가 났다. 순간 서현이가 나를 끌어안으며 "엄마 보지 마." 한다. 자기는 보고 있으면서. 무슨 일인지 물었더니 우울증을 앓고 있는 여자아이가 팔에 자해를 해서 팔에 상처가 많단다. 이런 일이 종종 있다며 마음 아팠던 이야기를 한다.

"우현이랑 비슷한 아이가 하나 있는데 소란을 피워서 끌려갔어. 마음이 안 좋았어. 우현이가 생각나서."

일단 그 아이는 자폐가 있는 아이가 아니라는 것부터 설명해주어야 했다. 자폐가 있는 아이면 장애인 시설에 들어갔을 텐데, 그 아이는 정신 질환을 앓고 있기 때문에 정신과 병동에 입원해 있다고 말이다.

서현이에게 이런 말들을 들은 날은 하루 종일 기분이 안 좋았다. 더군다나 동생을 생각하며 마음을 졸이는 것을 보니 더 그랬다. 행여 우현이가 다른 사람에게 무시라도 당할까 봐 걱정하는 서현이가 안쓰럽기도 하고.

엄마가 외출하거나 외박한다는 걸 알고 있으면 힘들 것 같다며 알리지 말고 다녀오라는 서현이의 말대로 면회 후 나는 가족과 함께 집으로 왔다. 며칠 병실에서 지내며 답답했던 터라 기분 전환이 필요했다. 답답한 이유를 여러모로 생각해보았다.

와인 한잔 못 해서? 집에 못 가서? 필리핀에 가고 싶은 마음에? 우현이한테 미안해서? 죄책감으로? 서현이가 또 그럴까 봐?

생각할수록 더 근본적인 원인을 찾게 되었다. 퇴원 후 어떻게 살아

가야 하나 하는 근심이 나를 짓누르고 있었다. 게다가 나의 심리 상태는 또 어떤지 알 수가 없었다.

난 강하다고, 끄떡없다고 여겼는데 아니었나? 아니면 병실에 들어와 있다 보니 나도 환자인 양 생각되나? 아니면 진짜 나도 환자인가?

뭔지 모를 감정들이 스르르 왔다 갔다 하곤 했다. 미안한 마음과 후회하는 마음을 갖지 않으려고 노력 중인데 뜻대로 되진 않는다. 어떻게 해야 하나 아는 것은 이론뿐이다. 마음은 이론대로 가주질 않는다.

서현이 면회 후 가족 모두 집 근처 식당에서 저녁 식사를 했다. 식사 후 서현이 이야기 도중 태원 씨가 성형에 대해 이야기를 꺼냈다. 서현이가 성형을 원하는데 자존감을 높여주기 위해 허락해주면 어떻겠느냐는 말이었다.

그대로의 모습으로도 충분히 예쁜데 자기 모습에 만족을 못 하는 서현이가 참 안타깝다. 최근 몇 해 동안 그 문제로 부딪힐 때마다 나는 다시는 안 볼 거라는 협박과 함께 강하게 반대했다. 그럴 때마다 뒤로 물러나주는 서현이에게 내심 고마웠다.

태원 씨는 이미 서현이의 문신을 나 몰래 수차례 허용했다. 나는 문신 문제는 이미 끝난 상황이라 따져 묻지 않았는데 성형까지 해주려 하느냐며 반대했고 태원 씨와 언니는 너무 고집만 피우지 말라며 다시 생각해보라고 했다.

언니는 서현이가 엄마 말은 유난히 신경을 더 많이 쓴다며 이유를 아느냐 물었다. 서현이와는 이미 그 점에 대해 이야기 나눈 적이 있었다. 나는 엄마가 무서워서 그러느냐 물었고 서현인 아니라고 했다. 엄마한테 관심을 끌려고 그러냐고 했더니 그렇다고 했다. 엄마에게 사랑받고 싶어서란 결론과 함께. 서현이의 갈증은 엄마의 사랑과 엄마의 부재로 인한 것이란 걸 확인하게 되었다. 알고 있었던 것이지만 뜻대로 되지 않았던 것들 말이다.

이미 서현이와 그렇게 결론지었고, 그래서 정신병원에서도 함께 지내고 있는 나 아닌가. 서현이가 혼자 입원하면 불안해할까 봐 이렇게 곁에 엄마가 함께 있음을 증명해주려고 애쓰고 있는데 다시 그 문제를 꺼내서 나를 아프게 해야 할까? 우울증 초기에 입원해서 치료를 잘 했더라면 그렇게 긴 시간 동안 서현이를 힘들게 하진 않았을 거란 후회와 우현이가 태어난 후 서현이를 많이 안아주지 못해서 아이가 허전해한다는 죄책감에서 벗어나려고 노력 중인데 꼭 그렇게 옆에서 일깨워야 하느냐며 나도 힘들다고 태원 씨와 언니에게 쓴소리를 해댔다. 그리고 외박 나온 걸 후회했다.

태원 씨는 여전히 서현이가 왜 병원에 있어야 하는지 잘 모른다. 시간이 지나면 해결될 거라고 믿는다. 서현도 솔직히 자신이 왜 거기 있어야 하는 건지 잘 모르겠다고 말하기도 한다. 그러면서도 우울증 초기에 병원에 입원했으면 좋았을 거라고도 한다. 하지만 그 당시에 입원하라고 했으면 부모에 대해, 세상에 대해 더 크게 분노했을 것이다. 그땐 그랬으니까. 분노 외엔 표현할 줄 아는 감정이 없었으니까.

　오늘 면회에서 서현이가 한 말이 아직도 가슴에 울린다.
　"엄마, 근데 그거 알아? 그때, 필리핀 정신과에서 나 우울증 진단 처음 받았을 때 엄마가 그럴 리 없다며 의사 선생님한테 화냈잖아. 나 그때 기분 좋았어. 엄마가 인정하지 않는 모습이 말이야."
　이건 또 뭐지?

어떡하지?

서현이가 예정보다 일찍 퇴원했다.

예상은 했지만 막상 서현이가 스트레스 상태에서 발작 증세를 보이니 견디기 힘들다. 병실 사정상 퇴원하게 된 거라서 서현이와 단단히 약속했었다. 일주일간은 외출하더라도 엄마와 함께할 것이며 다른 외부 출입은 안 하기로 말이다.

그런데 퇴원한 지 하루밖에 안 되었는데 이리도 난리법석이다. 째려보고 소리 지르고 울고불고 혼자 있고 싶다며 잠실역 서점에 다녀온단다. 어림도 없지. 자살 미수 사건 이후 더 이상은 부모 자식 간 신뢰의 문제가 아니게 됐다. 그야말로 죽고 사는 문제인 거다. 엄마가 힘들까 봐 우울증에서 빨리 벗어나야지 빨리 벗어나야지 하느라 지겹단다. 어쩌라고. 지겹든지 말든지 살아만 있어다오 하는 게 부모의 심정인 걸 어쩌란 말인가.

눈물도 안 난다. 울 수가 없다. 강해져야 하니까. 뭐가 뭔지 몰라서 '어떡하지? 어떻게 해야 하는 거지?' 이렇게 생각이 이리저리 왔다 갔다 한다. 열 길 물속은 알아도 한 길 사람 속은 모른다고 서현이 맘속에 들어가 본 게 아니라서 헤아릴 길이 없다. 나도 같이 죽을 수도 없고 그야말로 '어떡하지?'라는 말만 머릿속에 떠오른다. 눈물이 자꾸 나오려고 해서 콧등이 짠하다. '울면 안 돼!'를 연발한다. '아이쿠야!' 외엔 달리 할 말도 없다. 그래도 다짐한다. '울지 마. 네가 울 새가 어디 있니?' 하고 말이다. '이게 뭐지?'와 '이건 또 뭐지?'에 이어 '어떡하지?'다. 내가 잘하는 말. 이건 완전 개그 수준이다.

웃고 말면 다행이지. 치열함에 대해 나름 느낀 게 있었는데 이렇게 치열하게 살아야 한다면 안 살고 싶다는 말이 절로 나온다. 내일이면 다시 웃는 시간이 오겠지만 지금은 심각하다. 그래도 '힘내야지!' 하며 눈물 꿀꺽 삼키고 없었던 일인 양 일상으로 돌아간다. 그런데 슬프다. 나도 힘들다. 어떡하지? 나 어떻게 해~ 나 어떻게 해~

그나마 위로가 되는 것. 서현이가 엄마에게 미안한 마음에 하기 싫은 일을 억지로 하고, 힘들어도 안 힘든 척하는 것보다는 화를 내준 게 반갑다.

병원에 간 첫날 서현이가 정신병원 환우들의 표어라 해야 하나? 위로의 말일 수도 있고 진실일 수도 있는 말을 해주었는데 바로 '정신병은 착한 사람만 걸린다.'였다. 농담처럼 생각하며 얘기를 듣는 순간 웃었는데 사실 그냥 웃어넘기기에는 가슴 아픈 말이었다.

우울증 환우의 경우 대부분이 상대방에 대한 배려로 자신의 의사를 표현하지 못하고 꾹꾹 참다가 더 이상 참을 수 있는 힘이 없어지면 세상을 탓하게 되고 그러다가 죄책감에 빠져든다. 그 죄책감으로 죽음이 자신의 죄가 면죄부가 될 거란 생각으로 자살 시도를 하는 것 같다. 그런걸 보면 이 사회에 살아남으려면 좀 못되고 뻔뻔한 사람이 되어야 하나 보다.

이틀 전 태원 씨와 서현이와 함께 면회 시간에 점심 식사를 함께했다. 미리 주문한 음식이 안 된다고 하자 기분이 언짢던 태원 씨와 서현이의 스트레스가 폭발했다. 태원 씨와 서현이의 짜증을 지켜보다가 나는 참지 못하고 갑자기 울컥하는 마음에 두 사람 때문에 나는 정말 힘들다며 한마디해버렸다. 그 말에 태원 씨도 나도 힘들다고 한마디 했다. 결국 붉그락푸르락 해져버렸다. 자식이 뭔지.

자식들 기분에 따라 내 기분이 좌지우지, 왔다 갔다 하는 건 이미 충분히 경험한 터라 익숙할 만도 한데 여전히 자식의 감정에 똑같이 반응한다. 이렇게 힘겨운 일이 생길 때마다 폭풍의 언덕에 서 있는 것 같다고 말하곤 한다. 강한 비바람을 그저 맞고 있는 내가 떠오른다. 그러나 쓰러진 적은 없다. 아마도 나에게 버틸 힘이 있다는 뜻인가 보다.

며칠 전 평소 태원 씨와 형 아우 하며 지내는 수사님을 만나 요즘 우리의 심정이 어떤지 이야기했다. 많은 이야기를 그대로 옮기진 못하겠지만 수사님의 폭풍의 언덕에 대한 해석이 일품이었다. 폭풍에 다 씻겨 내려가고 나면 우리 몸과 마음이 다시 정화되어 정돈될 거라고, 그 폭풍의 언덕이 나쁜 것만은 아니라는 해석이었다. 긴 세월 그런 느낌으로 내 모든 것이 위태롭다는 생각이 떠나질 않았다. 이제 와서 그 말씀이 마음에 울리는 걸 보면 어쩌면 이 시련이 마지막이지 않을까 하고 소망해본다.

서현이의 속마음을 알 길이 없듯 우울증의 끝이 어딘지 알 길이 없다. 우현이의 자폐증도 알 길이 없어 그저 기다려온 세월이 우현이 나이 만큼이니 적어도 그만큼은 버틸 수 있으리라 믿자. 잘 자고, 잘 먹고, 잘 견디자. 이럴 땐 영화 〈바람과 함께 사라지다〉 주인공의 마지막 대사가 딱이다.

"After all, tomorrow is another day."

"내일은 또 내일의 해가 뜰 테니까."도 좋다.

"내일은 새로운 날이 시작될 거야."도 좋다.

일단 자고 보자.

안
아
주
세
요

   태원 씨와 나는 필리핀으로 떠날 때 한 가지 규칙을 정했다. 적어도 한 달에 한 번은 꼭 만나자는 규칙. 부부가 오래 떨어져 있으면 안 된다 하신 아버님의 말씀이 울림이 컸기 때문이다. 그래서 현재까지 우리 집 생활비 지출 1순위는 비행기 티켓 값이다. 남들이 들으면 배부른 소리라 할 수도 있지만 그게 우리 가족 모두가 살아남을 수 있는 유일한 길이라 믿었다. 우현이만이 가족 구성원이 아니라 우리 가족 구성원은 아빠, 엄마, 딸, 아들 이렇게 '넷'이니까 말이다.

   그러나 필리핀에 온 후 1년간 나는 한국에 갈 수가 없었다. 우현이를 데리고 비행기를 타는 일이 힘들어서 엄두를 내지 못해서다. 대신 태원 씨가 한 달에 한 번이 아니라 3주에 한 번씩은 필리핀에 들어와서 일주일씩 지내다 갔고 얼마 후엔 아예 한 달의 반을 와서 지냈다. 아빠랑 거의 24시간을 함께 보내던 아이들이 엄마의 결정으로 갑자기 아빠와 헤어지게 된 것도 미안해서 더 자주 오게 되었다.

특히 "누구 딸?" 하고 아빠가 물으면 "아빠 딸!" 하고 대답하며 부녀간의 사랑을 자랑했던 서현이에게 미안했다. 내가 우현이의 치료에 매달려 있는 동안 서현인 하루 대부분을 아빠와 지냈다. 그래서인지 서현이는 그다지 힘들어 보이지 않았다. 나만의 생각이었겠지만.

서현이는 아마 늘 지쳐 있고 작은 일에도 짜증을 잘 내는 엄마가 익숙하지 않았을 거다. "엄마들이 자기 아기를 사랑하는 건 당연하지만 그렇게 사랑스러운 눈으로 자기 아이를 쳐다보는 엄마는 처음 봤어요."라는 말을 들을 정도로 유난히 서현이를 예뻐했던 엄마였으니까.

나는 많은 형제자매 가운데에서 자랐다. 그래서인지 낯선 환경이나 낯선 사람에 대한 두려움이 그다지 없다. 우리는 자신이 경험했던 것들에 익숙해서 다른 사람도 나와 같을 거란 생각으로 많은 실수를 하게 된다. 나의 실수 중 하나는 아이들의 두려움을 헤아려주지 못한 것이다. 서현이 우현이의 마음을 헤아릴 겨를도 없이 필리핀으로 떠나온 것이 미안했다. 특히 서현이는 초등학교 2학년 새 학기를 시작하자마자 그만두고 온 터라 필리핀의 새 학교에 적응하기 어려웠을 거다.

우현이가 태어나면서부터 사실 얼마나 힘들었을까. 우현이가 태어

낳을 때 서현이는 만 3세였다. 지금 생각해보면 서현이도 아기였는데 갓난아기를 안아 들고 나니 서현이가 어찌나 커 보이던지.

서현이는 한 번도 우현이에게 질투의 감정을 드러내지 않았다. 그저 가끔 "엄마 안아줘." 하는 게 전부였다. 그러나 난 서현이를 안아줄 수가 없었다. 아기 때부터 우현인 덩치가 크고 무거운 데다 주변 사람들이 우스갯소리로 '붕어 똥'이라 할 만큼 늘 내 몸에 붙어 다녀 감당하기가 어려웠다. 특히 필리핀으로 온 후 우현이의 자폐 성향은 더 심해져서 땅에 발을 디디려 하지도 않았다. 외출 후 집에 도착하면 안아서 집 안으로 옮겨야 할 정도였고 집 안에서도 내 무릎 위에 늘 올라와 있고 싶어 했다. 그런 우현이 하나 감당하기도 어려워 서현이가 안아달라고 할 때마다 나도 모르게 "엄마 지금 힘들어." "이따 안아줄게." 하곤 서현이를 밀어내곤 했다. 실망스러운 모습으로 얼굴을 땅으로 떨구고 뒤돌아 가는 서현이의 모습을 보고도 다시 불러 안아주지 못했다.

어쩌면 그 시간들이 쌓여 서현이의 방황이 더 길어지고 있는지도 모르겠다.

선하려고
노력하는사람

사람은 선한가? 악한가?

나의 지론은 누구나 다 같다이다. 다만 유전적, 환경적 영향으로 어떤 성향을 어떤 방식으로 더 갖게 되며, 얼마만큼 자제할 수 있는지, 어떻게 표현해내는지가 문제라고 생각한다. 나는 철학자도 심리학자도 교육학자도 신학자도 아니지만 살면서 느낀 게 그렇다는 거다.

처음부터 선한 사람, 처음부터 악한 사람은 없다고 본다. '나는 이렇고 남은 저런 거 없이, 너도 나도 같다.'에서 출발하니 제일 큰 장점은 내 모습이 보이고 남의 모습도 보인다는 것이다.

물론 이 세상 모든 일을 내가 다 경험할 수는 없다. 그러나 지천명의 나이가 된 지금, 나름 꽤 많은 경험을 해온 터라 조금은 알 것 같다. 남의 티는 보면서 자기 티는 못 본다는 옛 말씀이 왜 생겼는지도 알았다. '내가 유독 싫어하는 사람은 나와 같은 사람'이라는 말도 가만 보니 그랬다. 내가 갖고 있는 단점이 그 사람에게서 보이니 보기 싫어하는 것이다. 본인이 어떤 사람인지 인식하는 건 쉽지 않다. 자기도 모르는 자기의 단점을 남의 모습을 통해 보게 되니 그저 싫다고 느끼게 된다.

그러나 가만히 묵상하고 성찰해보면 싫어하는 그 사람, 짜증나게 하는 그 사람의 성격이 바로 내가 갖고 있는 성격이라는 것을 발견할 수 있다. 나의 단점을 인정하고 싶지 않기 때문에 그 사람이 싫고 그저 피하려고만 한다. 내 단점을 인정하는 순간, 싫었던 그 사람이 이해가 되기 시작하고 안아줄 수 있는 커다란 가슴이 생기기 시작한다.

내 경우를 보면 나는 어리광 부리는 사람이 싫었다. 한마디로 징징거리는 스타일 말이다. 특히나 남자면 더 그렇다. 태원 씨는 이미 그 사실을 알았는지 함께한 30년 동안 단 한 번도 나에게 어리광을 부린 적이 없다. 하다못해 식당에서 밥을 먹을 때도 이것저것 챙겨주는 걸 아주 싫어한다. 쌈이라도 싸서 주려고 해도 거절한다. 나도 누구를 챙겨주는 게 익숙한 사람이 아니라서 아주 편하고 좋다. 어찌 됐던 나는 어리광 부리는 남자는 딱 질색이었다. 그런데 왜 그렇게 싫었는지 이제야! 드디어! 발견하게 됐다. 참 느리기도 하지.

내가 바로 징징이 어리광쟁이였던 거다. 그것도 무지하게 많이. 나는 하다못해 목소리도 앵앵앵 아기 같다. 나도 내 목소리가 왜 이런지 내가 꾸미는 건지 알지 못한다. 심리학적으로 들어가면 무지 자존심 상하는 얘기가 나올 만한 상황이다. 태원 씨도 나를 처음 만났을 때 일부러 목소리를 그렇게 내는 줄 알았단다. 그런데 며칠을 만나보니 꾸미는 게 아니고 원래 그렇더라고 얘기한 적이 있다.

아마도 아기 같은 내 모습에 본인이 어리광 부릴 처지가 아니라고 느낀 건지 아직도 어리광 한번 없다. 다행이긴 하다. 이제야 조금 어리광 피우는 남자를 좋게, 당연하게 보려고 하고 있는 중이니 말이다. 사실 나이라는 숫자만 늘어나지 우리 모두는 아기 같으니까.

태원 씨는 콤플렉스가 무지 많은 사람이었다. 말하자면 자존심 떨어지고 피해의식도 있는 아주 견디기 힘든 사람이었다. 집안이 가난하지도 않은데 가난하다는 말을 자주 했고 외모에 대한 것도 자신감 없어 했고 학력이라든지 학창 시절 삶이라든지 많은 부분에서 스스로를 힘들게 하며 살아왔다.

나라도 그럴 수 있을 법도 했지만 보통의 경우보다 심해서 연애 시절 함께 다니기 꽤나 불편했다. 길을 가다가 누가 슬쩍 곁눈으로 쳐다만 봐도 날 왜 그렇게 보냐며 따져 묻기 일쑤였고 커피를 마시러 가서도 종업원이 불친절하면 내가 우습게 보이냐며 시비를 걸었다. 나로서는 이해하기 힘들었다.

그럴 때마다 중간에서 중재하느라 애를 많이 썼는데 그게 그렇게 힘들지 않았던 걸 보면 역시나 나와 태원 씨는 천생연분이 맞나 보다.

　어제 서현이의 심리 검사 결과가 나왔다.
　심리학적 견해라는 것은 어떤 면에서는 나를 좀 더 알 수 있는 지표
가 되는지 몰라도 참고로 끝내야 할 일이지 그 결과에 집착하는 건 좋
지 않은 것 같다. 그런 성향이 나쁘게만 작용하는 것이 아니라 분명히
좋게 작용하기도 하니 말이다. 예를 들어 예술가들을 보면 대체적으로
어린 시절부터 콤플렉스가 많았다. 본인이 부족하다 여기는 것을 예술
로 승화시켜 하나의 작품으로 탄생시키는 경우가 많다. 물론 다 그렇
다는 것은 아니다. 아무튼 서현이는 아빠의 성향과 거의 같게 나왔다.
　'아이고 지겨워~'
　난 속으로 바로 이렇게 생각했다.
　'수십 년 동안 태원 씨를 받아주었는데 이젠 또 너냐?'
　서현이는 심각하다. 해석이라는 것이 각자에게 달린 것이라서 참 어
렵다. 더군다나 아직 어리지 않은가. 모르는 게 약이요 아는 게 병이라
는 말이 딱이다. 심리 검사를 괜히 했다 싶다. 아무튼 나는 서현이에게
아빠한테 물어보라고 했다. 어떻게 자신과 싸워왔는지. 이건 남과의
싸움이 아니니 말이다.
　"나하고 싸우기도 바빠."
　세월이 갈수록 태원 씨가 왜 그렇게 말해왔는지 알 것 같다. 이그 진

짜! 그 싸움을 옆에서 또 봐야 한다. 그러나 희망은 많다. 태원 씨의 자신과의 싸움이 단순히 자신의 단점을 극복하려고만 한 것이 아니란 걸 알기 때문이다.

어제도 나는 서현이와 선과 악에 대한 이야기를 했다. 어제 못한 이야기를 오늘 해줄 생각이다. 그동안 내가 살면서 느껴온 것들을 나누고 싶다. 아빠를 닮은 서현이의 그런 성향이 예술가가 되기 위한 아주 좋은 강점이라는 것과 우리는, 아빠와 엄마는 어떤 사람인지 말이다.

김태원, 이현주는 바로 '선하려고 노력하는 사람'이라고 말이다.

그림 김서현

노래를
잘한다

부활 1집에 '비와 당신의 이야기'라는 곡이 있다. 태원 씨가 첫사랑 여학생과 헤어질 때의 장면과 심정을 노래한 곡이다. 태원 씨는 이 곡에서 헤어질 당시의 처절함을 표현하고 싶어 했던 것 같다.

사실 이 곡을 녹음할 당시 나는 녹음실에 쥐구멍이라도 있으면 들어가고 싶을 정도로 창피했다. 내가 갖고 있던 상식으로 태원 씨의 우렁차고 걸걸한 목소리는 노래를 할 수는 있겠지만, 음반으로 녹음하여 발표하기에는 정말 어울리지 않는 목소리였다. 그러나 녹음이 완성되었을 때 '비와 당신의 이야기'는 생각보다 훨씬 멋졌다.

1, 2절은 1집 보컬이었던 L씨가, 태원 씨는 후렴 부분을, 그리고 둘

이 코러스로 함께 부르는 방식으로 편곡됐다. 태원 씨는 곡 후렴 부분에 엄청나게 폭발적인 목소리로 첫사랑과 헤어질 때의 심정을 그대로 표현해내었다.

나는 부활의 데뷔곡 '희야'보다 '비와 당신의 이야기'를 더 좋아했고 그 곡이 타이틀곡이 되어야 한다고 생각했다. 그러나 대중적인 곡을 타이틀로 해서 일단 부활이라는 그룹을 세상에 알리고자 했기 때문에 '비와 당신의 이야기'는 타이틀곡이 되지 못했고 세상에 그냥 묻히는 듯했다. 그러나 보컬의 섬세한 목소리와 태원 씨의 걸걸한 목소리는 생각보다 잘 어울렸고 대중에게 환상의 조합이라는 평을 들었다. 그리고 부활 데뷔 30주년이 되는 지금까지도 비가 오는 날엔 라디오에서 어김없이 흘러나온다.

태원 씨는 그 후로도 매번 부활 음반에 본인 목소리로 노래 한 곡쯤은 불렀다. 부활 2집에서는 본인 여자 친구인 나를 생각하며 쓴 곡이라는 이유로 '회상 III'를 직접 불렀다. 물론 환상의 조합은 빠뜨리지 않았다. 태원 씨의 걸걸하고 파워풀한 목소리는 보컬 L씨의 감미로운 목소리와 참 잘 어울렸다. 2집의 '슬픈 사슴'이라는 곡도 두 사람의 목소리가 어우러진 곡 중 하나다.

음반을 내기에 적합하지 않을 것 같은 목소리로 부른 노래가 아직도 대중의 사랑을 받는 것을 보면 노래는 '잘' 하는 것만 중요한 건 아닌 것 같다. 따지고 보면 노래를 '잘' 한다는 것의 기준은 없는 것 같다. 노래를 잘한다는 것은 듣는 사람 기준에 따라, 그리고 누구나 듣기 좋으면, 보통의 경우보다 잘하면 '잘' 한다고 하는 게 아닐까.

누구라고 딱 꼬집어 얘기할 수는 없지만 대단한 수준의 가수도 있고 대단한 수준은 분명 아닌데 듣기 참 좋아 가수인 사람도 있지 않은가?

어떤 가수는 음정이 정확하고 박자를 잘 맞춰서 듣기 좋다. 어떤 가수는 성량이 풍부해서 노래를 잘하는 것처럼 들리지만 박치에 음치인 경우도 있어서 그다지 듣기에 좋지 않다. 어떤 가수는 가수라면 기본적으로 되어야 할 기교 중 하나인 목소리의 떨림이 없어도 듣기 좋다. 어떤 가수는 목소리 하나만으로 일명 속된 말로 먹어준다. 어떤 가수는 춤만 잘 추어도 가수다. 음색 좋고 성량 풍부하고 타고난 음악적 감각이 좋고 등등 개개인에 따라 잘하는 분야가 다르다.

그러고 보면 노래를 '잘' 한다는 것의 기준은 듣기 좋은 목소리, 듣기 좋은 음색, 풍부한 성량, 타고난 박자감과 음정에 달려 있는 것이 당연한 이치다. 다 좋은 사람은 세계적인 가수다. 문제는 그 어느 것도 점수로 매겨서 몇 점 이상은 가수, 하고 선을 그을 수 없다는 것에 있는 것 같다.

어제 서현이가 한 방송에 가수로서 첫 출연을 했다.

노래를 '잘' 하기 위해 서현이는 방송 출연 날짜가 확정된 날부터 노래 연습을 많이 했다. 당연히 '잘' 부르고 싶어서다.

태원 씨와 나는 서현이의 음악적인 재능을 만 여섯 살 되던 해에 발견했다. 그 당시 개봉한 오페라 영화에 푹 빠져 있던 서현이는 영화에 나오는 모든 곡을 외워 불렀고 여주인공의 그 높은 음정과 떨림을 완벽히 소화했다. 서현이가 영화의 주제곡이라 할 수 있는 곡을 불렀을 때 태원 씨와 나는 드라마의 한 장면처럼 서로 바라보며 입을 딱 벌리고는 다물지 못했다. 서현이가 우리 둘과는 다르게, 그야말로 가수다운 재능을 타고 난 것이 무척이나 기뻤다.

방송 녹화를 앞두고 긴장해 있는 서현이에게 나는 '잘' 하려고 하지 말고 서현이의 마음이 담긴 노래를 하라고 조언했다. 노래를 잘하는 사람이 되려 하지 말고 본인이 작사 작곡한 노래를 창작한 사람의 감성, 그것으로 들려주는 사람이 되라고 얘기했다. 어차피 성량으로 승부할 거 아니니 말이다.

서현이가 처음 데뷔했을 때는 본인의 노래에 뭐라 뭐라 조언을 하면 무조건 기분 나빠했는데 이제는 다행히 무슨 말인지 알아듣는 것 같다. 나는 종종 나의 음악에 대한 견해를 말할 때 이렇게 말한다. "서당 개도 3년인데 나는 30년이거든?" 하고 말이다. 내가 옳다고 주장하는 것이 아니다. 그저 부활의 30년 역사를 함께해온 사람으로서 감히 한마디 하는 거다.

노래를 '잘' 한다는 것의 기준은 없다고, 듣기 좋은 노래면 최고라고 말이다.

여자 김태원

- 든든해!

　아이를 임신하면 누굴 닮으면 좋을까 하고 누구나 한 번쯤은 생각해 볼 것이다. 닮는다는 것은 외모뿐 아니라 성격이나 기질도 생각해야 한다. 외모를 닮으라고 잘생기고 멋진, 예쁘고 아름다운 연예인 사진을 붙여놓기도 하는데 사실 나는 외모에 대해서는 크게 생각하지 않았다. 아마도 양쪽 집안의 외모가 그리 나쁘지는 않다고 여겼나 보다. 아니면 외모는 당연히 딸이면 나를 닮고, 아들이면 태원 씨를 닮겠지 하는 마음이 기본적으로 있었나 보다.

어쨌든 나는 무엇을 하든지 쉽게 지치는 체력을 갖고 있었던 터라 서현이를 임신한 후 튼튼한 기질의 태원 씨를 닮기를 소망했다. 그러나 기질을 닮으란 거지 외모를 닮으란 소망은 아니었다. 사실 태원 씨 어릴 적 모습을 보면 귀엽긴 한데 잘생겼다 할 수는 없는, 아니 못생긴 축에 속하는 편이었다. 처음 태원 씨를 만나 중학교 때 사진을 보고 정말 깜짝 놀랐다. 내가 제일 싫어하는 외모였다. 그리고 서현이가 태어난 날 또 한 번 깜짝 놀랐다. 어쩜 그리도 아빠를 똑 닮았는지 모두들 입을 모아 한 소리였다.

"여자 김태원!"

다행히 여자 김태원은 확실한데 아빠보다는 훨씬 예뻤다. 서현이가 자라면서 보니 얼굴만 닮은 것이 아니라, 손가락, 발가락, 까무잡잡한 피부색 그리고 걷는 모습까지도 똑같다. 성격도 아주 비슷해서 힘든 점도 많다. 기본적으로 예술적 기질이 많은 사람들을 견디기가 쉽진 않은데 한 집안에 둘이나 있어서 여간 힘든 게 아니다. 하다못해 은행 심부름 하나도 못 시킨다. 은행일 좀 봐달라 부탁하려면 '1번, 번호표를 뽑는다. 2번, 창구로 간다.' 이런 식으로 적어주어야 하고 적어주어도 전화가 온다. "뭘 하라고 했지?" 하고. 그때마다 "에그~ 시킨 내가 잘못이지!" 한다. 뭘 하나 시키면 들어서 이해하려고 하지 않고 그림을 그려주어야만 이해를 하니까.

그러나 그런 점을 제외하고 태원 씨는 누구보다 마음이 여리고 따뜻

한 남자라 장점이 더 많다. 다른 사람을 위한 배려가 남다른 것이 장점 중 하나인데 나에게는 더더욱 장점으로 작용한다. 시어머니께서 아시면 기분이 안 좋으실 것 같긴 하지만 결혼해서 청소를 해본 적이 거의 없고 밥을 한 적도 많지 않다. 누군가가 본인을 위해 수고한다는 것이 불편해서 싫단다. 눈 뜨면 첫 마디가 "뭐 먹으러 갈까?"다.

서현이가 올해 열아홉 살이 되고 보니 점점 더 아빠랑 같아진다. 엄마 힘들까 봐 생각해주는 일이 많다. 괜히 좋아서 서현이에게 내가 엄마거든? 하고 투정 섞인 소리 한마디씩 하지만 말이다. 요즘 내가 지인들에게 자주 하는 말.

"서현이를 보면 김태원이 하나 더 있는 것 같아."

그래서 든든하다. 나를 지켜주는 사람이 셋이나 있으니.

– 어쩜 좋아

든든하다고 자랑했더니 바로 속 엄청 썩이는 서현이는 그야말로 '여자 김태원'이다. 열아홉 살 때 김태원을 생각 못 했다. 아이쿠야~

사춘기가 다시 시작하나 보다. 이젠 '대답 없는 너'다. 엄마 아빠가 불러도 완전 쌩하고 지나가버린다. 이런 걸 속된 말로 개무시라고 하나? 부모가 이 정도면 완전 최고 수준 아닌가? 마음 다해 사랑해주지, 하고 싶은 대로 하라 하지. 뭐가 부족해서 저러나 싶다.

우현이 키우면서 서현이에게 화내고 짜증내고 하던 시간으로 저러나 싶어서 어쩔 수 없이 다 받아주기는 하는데 참아내기가 여간 힘든 게 아니다. 솔직히 자식 키우면서 화내고 짜증 안 내본 부모는 없을 것이다. 싸우기도 하고 웃기도 하고 울기도 하고 그러면서 함께 위로받고 위로하며 사는 게 가족 아닌가.

그래서 나는 미안한 마음은 기본으로 있지만 죄책감은 안 갖기로 했다. '그렇게 따지면 자기는 뭐 엄마한테 얼마나 잘했다고. 칫!' 하며 좀 뻔뻔해지기로 했다. 쥐새끼도 궁지에 몰리면 고양이를 문다고, 나도 이제 폭발할 지경이다.

가만 보니 이거, 서현이가 고양이고 내가 쥐네. 어쩌다가 강단 하나로 살던 내가 이렇게 됐지? 나름 고집 센 엄마였는데 말이다. 자식 이기는 부모 없다고 바로 내가 지금 딱 그 상황이다. 세상에서 제일 무서운 것은? 하고 물어보면 바로 나온다. "딸!" 이렇게 말이다. 아이고 내 신세야.

더 이상 조마조마한 가슴으로 엄마한테 잘 보이려고 하지 않겠단다. 내가 언제 잘 보이라고 했나? 공부하란 말 한번 한 적 없고만. 아빠 닮아 태어나서 공부 잘할 거란 기대 안 했다는 말을 수도 없이 했건만, 우현이 키우면서 기대란 말은 아예 접고 살고 있건만 뭘 잘못 알고 있나 보다. 우울증 진단을 받은 이후로는 어쩌면 우현이보다 서현이에게 더 매달려서 노심초사, 조마조마한 건 오히려 엄마인데 어찌 저리도 무심한지. '저 닮은 딸 낳아서 속 팍팍 썩어봐야 엄마 마음 알지!' 하고 말해주고 싶지만 이다음에 결혼해도 아기는 안 낳을 거란 말을 진작부터 하고 있는 서현이라서 그 말도 못 한다. 혹시나 우현이 생각에 그런 말을 하나 싶어서 가슴이 아프니 말이다.

어쩜 좋아! 나도 도망가고 싶다.

태원 씨 어릴 적 모습을 생각해보았다. 만약 서현이가 그 모습 그대로 닮아간다면? 아이고 난 몰라. 위태위태하다. 요즘 서현이는 본인 말 그대로 옮기자면 '자아 정체성'에 대해 생각 중이란다. 나를 알고 싶단 얘기다. 나는 누구인지, 나는 어디서부터 왔는지, 어떤 모습으로 살아갈 것인지 등등 복잡하단다. 신을 향한 마음이 보태진다면 딱 좋겠는데 그게 마음대로 안 돼 안타깝다. 하느님~ 서현이 좀 살려주세요! 하고 기도할밖에 달리 방법이 없다.

태원 씨가 방황하던 시절, 시부모님의 마음을 생각해본다. 달리 어쩔 방법이 없다는 것을 진작부터 알고 계셨던 것 같다. 대마초 흡연으로 구치소에 수감되었을 때나 약물 중독으로 그렇게 긴 시간을 힘들게 해도 정신병원에 입원시키지 못하셨던 그때 일들을 떠올려보면 어떤 마음이셨을까 짐작이 간다.

그렇다면 우리도 서현이에게 그런 태도를 보여야 하는 걸까? 엄마 아빠의 사랑은 알고 있을 테니 거기에 승부를 걸 수밖에 없는 걸까? 나도 휴식이 필요하다.

오늘 아침 나의 작은 실수로 서현이는 종일 화가 나 있다. 내가 서현이 옆에서 너무 힘들어하니까 태원 씨가 기도라도 하라며 피정을 가라 한다. 태원 씨가 나가면서 하는 말.

"나한테는 왜 삐쳤어?"

"삐치긴 그냥 화내는 거지. 자기도 어머님이 잘못해서 화냈어? 그냥 화냈지."

"아이고 엄마한테 미안하네."

태원 씨는 서현이에게 당해도 된다. 어릴 적에 어머님한테 그렇게 했으니까! 그럼 난 뭐야? 난 우리 엄마한테 그런 적 없는데. 난 어디다 하소연하지?

아! 어쩜 좋아~~

이것만큼은
잘했어

서현이가 태어나기 전 나는 언니들이 조카들을 키우며 좌충우돌하는 모습을 많이 보았다. 그리고 아이가 늦었던 터라 태원 씨 지인들이 아이를 낳아 키우는 과정도 보게 되었다. 이러한 경험들이 나름 엄마로써 아이를 어떻게 키워야겠다는 기준을 만들어주었다. '하지 말아야지' 하는 것과 '나도 그렇게 해야지' 하는 것이 뚜렷이 구분이 되었다.

그중 처음 실천에 옮긴 것은 책 읽는 아이 만들기다. 나는 책 읽기를 좋아하는 아이로 키우기 위해 태어나면서부터 갓난아기들도 인지할 수 있다는 그림책을 허공에 띄워주었다. 그리고 내 품에 안고 우유를 먹일 때, 재울 때 매일매일 매 순간 그림책을 보여주었다. 그랬더니 아이들이 돌이 되기 전부터 책에 관심을 보였고 늘 읽어달라며 가져왔다. 일단 책 보기 좋아하는 아이로 키우기 1단계는 성공한 셈이다.

책 좋아하는 아이로 키우기 2단계는 인터넷 사용을 제한시키면서 시작됐다. 서현이가 초등학교 다닐 때 인터넷은 엄마 방에서만 할 수 있었다. 우현이가 인터넷 게임에 너무 심취하면 일상생활을 하지 않으려 하기 때문이었다. 그 당시도 지금처럼 아이들의 인터넷 게임 중독이 심각했다. 더군다나 우현이는 자폐성 때문에 게임에 몰입하면 계속해서 게임에 나오는 말을 반복하고 게임에 나오는 같은 그림만 편집증적으로 그려댔다. 그리고 인터넷을 못 하게 하면 불안해하곤 했다. 가뜩이나 사회성이 떨어지는 우현이가 엄마와의 교류보다 인터넷에 심취하는 것은 정말 심각한 문제였다. 그래서 결국 생각 끝에 아이들의 인터넷 사용을 금지시킨 것이다.

서현이가 다니던 국제학교는 대부분의 과제물을 이메일로 제출해야 해서 서현이는 매일 PC방으로 가야 했다. 서현이가 우현이로 인해 피해를 보는 것 같아 늘 미안했는데 가만 보니 미안할 상황이 아니다. 과제물 준비와 홈스쿨링인 피아노, 바이올린 레슨 등을 끝내고 나면 특별히 할 일이 없자 학교 도서관에서 책을 빌려다 보기 시작한 것이다. 물론 그 전에도 워낙 책을 좋아했던 터라 집에도 많은 책이 구비되어 있었는데 이미 독서 수준이 훌쩍 자라버린 서현이가 좋아할 만한 책이 없었던 것이다.

어느새 성장해 자기가 읽을 책을 스스로 선택해서 빌려 오는 서현이를 보니 참 대견스러웠다. 심심해야 궁리한다는 말은 아기 때만 적용되는 것이 아니었다. 뭘 하나 궁금해 방을 들여다볼 때마다 서현이는 책을 읽고 있었다. 밥을 먹을 때도, 간식을 먹을 때도, 스쿨버스를 탈 때도, 학교에서 점심 식사 후 시간이 남을 때도 늘 책을 끼고 다녔다. 아마 학교 도서관 책 대여 순위 3위 안엔 들었을 거다. 서현이가 평생 읽을 책의 반 이상은 초등학교 시절에 다 읽지 않았나 싶다.

어느 날 학부형 상담 시간에 학교에서 언어 선생님을 만났는데 나와 서현이를 보자 딸의 재능을 아느냐고 물었다. 나는 서현이의 글 솜씨를 이미 알고 있었기 때문에 알고 있다고 대답했다. 그리고 선생님께 어떻게 아셨느냐고 되묻자 선생님 왈.

늘 학교 식당에서 식사 후 책을 읽고 있는 서현이를 보았고 매일 무슨 책을 보나 궁금했단다. 그래서 가까이 다가가 보니 5학년 서현이가 고등학생 과정의 책을 읽고 있어서 과연 이 아이가 이해를 하고 있나 궁금해져 책을 다 읽으면 무슨 내용인지 A4 한 장에 내용을 간단히 적어 오라고 했단다. 서현이가 책을 다 읽은 후 A4 용지 세 장 분량으로 책 내용을 요약해 가져왔는데 자기가 아직도 그것을 갖고 있으며 수업 때 참고물로 사용한다는 것이다.

역시 인터넷을 끊기를 정말 잘했어! 서현이가 너무도 자랑스럽고 스스로 뿌듯하기도 했다.

아기 때부터 책 읽기 습관을 길러주는 노력은 정말 정성스럽게 해야한다. 아기가 움직이지 못할 때는 우유를 먹이면서 재우면서 함께 하는 노력이 필요하고 아이가 움직이며 놀 때는 특별히 시간을 내서 책과 놀 수 있도록 해주면 더 좋다. 낮 시간에 아이와 놀아줄 수 있는 상황이 아니라면 잠자기 전, 단 한 권이라도 매일 꾸준히 읽어주어야 한다. 글씨를 읽을 줄 안다 하더라도 적어도 유치원 때까지라도 아이가 좋아하는 책을 함께 읽어주면 더 효과적이다.

사실 아이들이 중학교에 진학하면 서서히 책을 읽지 않는다. 아니 책 읽을 시간이 많지 않다. 학교 수업과 과제물이 점점 많아지기도 하지만 친구들과 어울려 놀 만한 일들이 많아진다. 또 책을 읽더라도 세계 명작보다는 당시 유행하는 소설책에 더 관심을 갖는다. 그나마도 한 달에 한두 권 읽을까 말까다.

중학생이 되고 나면 더 이상 부모 말대로 생활하기를 거부하지만 초등학교 때까지는 그래도 부모가 제공해주는 환경을 아이들이 그대로 수용한다. 그러니 아이들이 조금이라도 어릴 때 좋은 습관을 길러주는 것이 현명하다. 물론 아이들이 커가면 그동안 길러주었던 좋은 습관들을 다 잊는 듯 부모들이 알 수 없는 세계로 가버린다. 그래도 지금의 나를 생각해보면 어린 시절 부모님들께 물려받은 좋은 습관들은 잊지 않고 갖고 있다.

요즘 인터넷은 떼려야 뗄 수 없는 필수품이 돼버렸다. 인터넷 없이 산다는 것을 상상하기조차 힘들다. 그러나 득과 실을 잘 따져보면 해답은 분명히 있다. 그리고 한마디 덧붙인다면! '세 살 버릇 여든까지 간다.'

두 번째로 실천한 것은 영어와 한국어 동시에 익히기다. 나는 언니의 두 딸들이 다섯 살 무렵부터 영어 책을 읽고, 영어 비디오를 보며 빠르게 영어를 습득하는 과정을 지켜보았다. 언어는 습관이며 언어 발달은 태어나는 순간부터 수많은 반복 경험으로 이뤄진다는 이론과 실제에 따라 서현이가 태어나는 순간부터 영어와 한국어에 동시 노출시켰다. 단어 하나를 익히기 위해 얼마나 많은 노력을 해야 하는지 좋은 프로그램들을 통해서 알았기 때문이었다. 예를 들어 서현이의 옷이 젖었을 때 '젖었네' 하면서 동시에 'wet'이 한 단어만 했을 뿐인데 서현이는 유치원에서 실수를 한 후 선생님께 'wet, wet' 하더란다. 서현인 엄마의 의도를 눈치 채지 못하고 그저 놀이로, 생활로 영어를 익혔다.

서현이가 유치원 때 내게 묻는다.

"엄마, 내가 어떻게 영어를 할 수 있어?"

이처럼 서현이에게 영어는 공부가 아니라 자연스럽게 습득된 제2의 모국어였다. 공부로 영어를 익힌 아이들과 서현이의 영어 이해 수준은 차이가 상당했다.

물론 부작용도 있었다. 한국말 익힘이 느려서 대체적으로 단어 이해

능력이라든지 단어 사용 수준이 같은 연령의 다른 아이들보다 떨어졌다. 그러나 그 문제는 기다리면 해결될 문제라고 생각했다. 아이 때의 1년 아니 한 달, 한 달은 차이가 크게 느껴지지만 5~6학년 정도 되면 언어 능력은 다 비슷비슷해지기 때문이다. 논쟁이 있을 수 있는 문제지만 서현이 같은 경우는 두 언어 다 자연스레 습득할 수 있었다.

세 번째로 결심한 것은 아이에게 "안 돼!" 또는 "싫어!" 같은 부정적인 말을 하지 않는 것이었다. 아이가 선택한 게 옳지 않다고 여겨지면 다른 대안을 제시해주며 '안 돼, 싫어'라고 말하지 않고 그 이유를 설명해주었다.

무작정 '안 돼, 싫어'라고 말하는 아이 뒤에는 엄마의 영향이 있을 거라는 생각이 들었다. 죽고 사는 문제도 아닌데 뭐가 그렇게 안 되는 게 많을까? 그리고 싫다는 말이 얼마나 배려 없는 말인지 모른 채 그저 싫다 한다. 결국 엄마는 아이와 그 문제로 싸운다. "왜 안 돼!" "왜 싫어!" 하면서 말이다. 신기한 것은 엄마들이 자기 모습을 못 보는 것이다. 아마도 그 엄마의 엄마도 똑같이 '안 돼' '싫어'를 말했을 것이 분명하다.

악순환이 바로 이런 거다. 매 맞는 아이가 때리는 아이로 자라나는 것도 마찬가지다. 경미한 수준이든 심각한 수준이든 맞고 자란 아이들이 다른 아이들을 때린다. 화를 내고 소리를 지르는 엄마 아빠 밑에서 자란 아이들은 화를 내고 소리를 잘 지른다.

　내 경우를 보아도 금방 발견할 수 있다. 우리 엄마는 신경질적인 성격이었다. 나는 그나마 막내딸로 태어난 데다 일곱 살 때부터 엄마랑 떨어져 살아서 영향을 덜 받았지만, 그래도 보고 자란 게 있어서 결정적인 순간에는 신경질을 심하게 부린 적이 많다. 일찍이 태원 씨를 만나 그런 성격이 약해져 언제 그런 일이 있었나 기억이 흐릿하지만, 아이를 키우면서 몸이 힘들어지니 엄마의 모습이 나에게 분명 남아 있다는 것을 발견했다.

　네 번째의 실천은 내 아이 안 가르치기다. 물론 나도 시도는 해보았다. 그런데 서현이가 네 살 때 수학을 시작했는데 아주 간단한 것을 이해하지 못하는 것이다.

　'이그~ 아빠랑 똑같다 했더니!' 하는 생각과 동시에 나도 모르게 답답해서 손이 짝 올라갔다. 그 찰나 서현이가 내 손을 피하려고 손을 자기 머리 위로 올리는 것을 보고 나는 바로 깨달았다.

　'엄마는 선생님이 못 된다!'

　그 후로 나는 다시는 서현이를 안 가르쳤다. 나는 서현이와 내가 동시에 행복할 수 있는 방법은, 무엇을 하든 학습이 아니라 놀이로 이뤄져야 한다는 것을 깨달았다.

　그래서 서현이 교육을 위해 집으로 방문하는 선생님들에게 당부를 했다. 우선 숙제를 내주지 말라고 하였다. 숙제를 내주면 결국 그 숙제를 시키기 위해 아이와 싸워야 할 테니 싫었다. 두 번째로는 진도가 얼마나 나갔는지, 오늘은 뭘 배웠는지 안 물어볼 테니 서현이가 수업 중에 다른 것을 하고 싶어 하면 아이를 기다려달라고 했다. 일찌감치 서현이의 성향을 알았던 터라 그렇게 한 것이다. 서현이는 창의적인 아이였다. 바이올린을 배우다가 그 음률과 비슷한 노래가 생각나면 바이올린 켜기를 멈추고 노래를 해야만 했고 생각나는 이야기가 있으면 해야 했다. 나는 서현이의 그런 행동들을 선생님의 진도에 맞추어 학습을 하느라 못 하게 막고 싶지 않았다.

그러나 서현이가 커가자 그마저도 내 의지대로 따르려 하지 않았다. 자기가 좋아하는 것만 하려는 것이 당연했다. 나도 무조건 물러설 순 없지! 나는 서현이에게 설득력 있게 한마디 했다.

"좋아. 네가 하고 싶은 대로 다 해. 근데 딱 한 가지만 엄마 하라는 대로 해줘. 이다음에 엄마한테 고맙다 할 거야."

그건 바로 바이올린 레슨이었다. 서현이는 어쩔 수 없이 레슨을 계속했고 지금은 내 말대로, 아니 내 예언대로 고마워하고 있다. 바이올린이 바로 모든 악기를 연주할 수 있는 통로였기 때문이다. 서현이는 피아노와 기타를 쉽게 익혔다. 그리고 고맙다는 말을 자주한다.

사춘기

콩고의 젊은 어머니들은 아기에게 기저귀를 채우지 않는다고 한다. 업고 있을 때 아기가 몸을 떨면 '아, 쉬를 하려고 하는구나' 금방 알아차려서 바로 용변을 보게 하기 때문이다. 그만큼 아기의 움직임에 엄마가 민감하게 반응한다는 말이다.

콩고의 엄마들뿐 아니라 우리 엄마들도 민감하게 내 아기의 욕구를 느끼며 양육했을 거라 생각한다. 그러나 아기가 자라면서 엄마의 욕구가 더 강해지면 아이의 욕구에 둔감해지는 게 아닌가 싶다.

아기 때처럼 계속해서 내 아이의 움직임에 민감하게 반응할 수 있도록 촉각을 세운다면 아이가 원하는 게 뭔지, 좋아하는 게 뭔지 잘 발견할 수 있지 않을까 싶다. 나도 상당 기간 서현이의 욕구가 무엇인지 바로 알아차릴 수 있도록 촉각을 세웠던 기억이 있다.

서현이가 만 3세 때 집에서 블록을 이용해 창의력을 높이는 수업을 받은 적이 있다. 하루는 선생님이 특별히 블록 대신 돼지 저금통 만들기 재료를 준비해 오셨다. 선생님과 열심히 만들기를 하고 재잘거리던 서현이가 갑자기 책상 위에 엎드려 고개를 묻은 채 일어나지 않는다며 선생님이 당황해서 나를 불렀다. 평소에 워낙 선생님을 잘 따르고 말도 잘 듣는 착한 학생이던 서현이가 그런 행동을 하니 당황할 수밖에.

내가 서현이에게 이유를 묻자 서현이는 "돼지를 만들었으니까 갖고 놀 거야. 구멍 안 뚫어." 하는 것이다. 나는 서현이가 너무 귀여워 안아주면서 선생님께 양해를 구했다. 서현이가 유난히 동물 인형을 좋아해서 인형 놀이 하기를 좋아하니, 돼지 저금통 만들기 대신 돼지 인형 만들기를 한 걸로 하자고 말이다.

그러나 우현이가 태어나고 자폐 성향이 나타나기 시작하면서 서현이의 양육을 태원 씨에게 맡겼고 우현이와 씨름하는 일상으로 서현이에게 신경을 써주지 못했다. 늘 밝고 착하게 커주는 서현이가 고마우면서도 한편으로는 당연하게 생각했던 것 같다. 서현이가 청소년기에 들어서면서는 더욱 돌봐주지 못했다. 아기를 돌보듯 더 잘 돌봐주었어야 하는데 말이다.

아이들은 말과 행동으로 다 보여주는데 내가 만든 틀 안에서 아이가 커주기를 바라는 마음이 크다 보니 아이의 상태를 파악하려고 하지 않 았던 것 같다. 청소년기의 발달 과정 안에서 이해되어져야 할 이상 행 동들을 당연하게 여겨주며 좀 더 마음을 기울여주었더라면 하는 아쉬 움이 많다.

나는 서현이가 늘 착하고 성실하고 뭐든 알아서 해주는 것이 당연한 듯 서현이에게 제대로 칭찬도 못 해주었다. 서현이는 나에게 착하기만 한 자랑스런 '내 딸'이었다.

어느 날 서현이가 사춘기 시작이라고 사인을 보낸 사건이 생겼다. 뭔가 마음에 맞지 않고 서로 붉으락푸르락했던 것 같다. 그날 그 사건 은 일종의 선전포고였다.

"엄마, 난 엄마가 생각하는 것만큼 착한 딸이 아니야."

이 말 한마디 하고 자기 방으로 가버린다. 난 그저 서현이의 뒷모습 만 보고 멍하니 서 있었다.

그리고 서현이의 반항은 점점 더 심해져갔다. 상냥하고 예의 바르던 내 착한 딸 서현이는 어디 가고 반항의 끝판왕 서현이가 된 것이다. 나 는 어찌할 바를 몰라 당황했다. 황당하기도 했다. 그러나 그렇게 되도 록 서현이 마음을 헤아려주지 못했다는 미안한 마음으로 그냥 지켜만 봤다.

누가 와도 인사도 안 한다. 서현이 자신 외에는 모두 투명 인간이다.

마치 아무도 없는 듯 스윽 지나가 버린다. 그래도 그냥 놔두었다. 뭘 어떻게 해봐야 싸움만 될 테니까. 우현이 치료 문제로 심리학 교수님을 만난 자리에서도 서현이는 역시나 우리를 투명 인간으로 생각하고 인사도 없이 지나친다. 나는 달리 할 말이 없어 죄송하다는 말과 함께 사춘기가 시작됐나 보다 한 말씀드렸다. 그리고 어찌할 바를 몰라 그냥 놔둔다고 했더니 교수님 말씀이 아주 잘하고 있단다. 그나마 그것도 칭찬으로 여기며 위안으로 삼고 한숨만 푹푹 쉬었다.

그리고 그야말로 비폭력을 무기 삼아 서현이의 양심에 호소하기로 했다. 서현이의 사춘기 반항 권리를 인정해주며 엄마를 불쌍히 여기는 마음이 일도록 한 것이다. 일단 지금까지 작전은 성공인데 끝이 없는 이 길을 어떻게 헤쳐가야 할까. 사춘기의 끝을 알 수가 없으니 말이다.

영어의 틴에이져가 사춘기인 거라면 이제 1년 남았다.

그동안 서현이 마음을 헤아려주지 못한 미안한 마음으로 죄책감과 후회보다는 바로 오늘부터 촉각을 세워 서현이의 말과 행동에 귀 기울여 무엇을 원하는지 느껴보자.

다시 시작하는 거다. 아기 돌보듯.

다시! 엄마 이현주 파이팅!

4

마음이 울리는 소리에
귀 기울이다

기적은 바라는 것이
아니라 믿는 것

　처음 필리핀에 도착해 어떻게 이 모든 준비를 했는지 지금 생각해도 내 자신이 대견하다. 일단 용감한 엄마가 되어 뭐든 척척 준비했다. 우현이가 아니었으면 엄두도 못 낼 일이지. 사람은 어떤 일이 주어졌을 때 안 하는 거지 못 할 것은 없다는 말이 실감나던 시기였다. 내 안에 그런 힘이 어디 있었는지 참으로 신기하다. 내 나라에서 남편 없이 살아간다는 것도 쉬운 일이 아닌데 나는 용감하게도 어린 아이들을 데리고 타국 땅에 왔다.

　그러나 죽으란 법은 없다고 다행히 필리핀 현지인을 고용해 많은 도움을 받았다. 필리핀 사회는 살아가는 방식에서 한국과 차이가 많았다. 스페인의 지배를 받던 영향이 여전히 계속 남아 있어서인지 웬만하면 가정마다 가사 도우미 한 명 정도는 고용해서 함께 살았다.

나는 최대한 필리핀 사회의 장점을 빨리 파악해서 두렵지 않은 외국 생활이 되도록 노력했다. 그리고 새로운 환경에 적응하는 기간 동안 마치 떠남이 예견되어 있던 것처럼, 나도 모르는 사이 많은 것들이 준비가 되어 있는, 예정된 어떤 일을 위해 준비를 시켜주는 기적 같은 힘을 깨닫기 시작했다. 그 기적 같은 힘으로 나는 신앙을 갖게 되었다.

필리핀 도착 후 처음에는 서현이와 우현이 학교 문제로 상당한 고민이 필요했다. 그러나 일단 6개월은 아무것도 결정하지 않고 살아보기로 했다. 그러다 우현이의 학교 입학을 준비하다 만난 심리학과 교수님으로부터 '우선 엄마가 쉬세요!' 하는 충고를 들었다.

혼자 힘으로 뭐든 다 하려고 하는 내 성향을 알아차린 듯, 엄마가 건강해야 한다고, 필리핀에 왔으니 도우미에게 우현이를 맡기고 긴 싸움을 위해 휴식을 취하라고 말이다. 나도 곧 죽을 것 같다는 생각을 하며 필리핀으로 온 상황이라서 그 말이 마음에 쏙 들어왔다. 나는 좀 쉬기로 했다.

아이들 생활에 필요한 모든 준비가 끝난 직후였다. 우리 셋과 함께 필리핀에 온 조카를 통해 마닐라 한인 성당 예비자 교리반에 들어가게 되었다. 기나긴 시간, 희망도, 의지할 곳도 없이 고통 중에 있던 나는 '주님께서는 우리에게 견딜 만큼의 눈물을 마시게 하신다'는 말, 다시 말해 우리에게 버티지 못할 시련을 겪게 하지 않으신다는 말씀을 듣는 순간 귀가 열리고 눈이 떠지는 경험을 하게 되었다. 나의 고통이 바로 이 순간을 위해 마련되었다는 것을 느끼게 된 것이다. 드디어 환난의 삶에서 희망을 갖게 되었다.

그리고 그동안은 나를 위한 시간은 엄두도 낼 수 없었던 나는, 혼자 할 수 있는 최고의 휴식, 최고의 취미 생활로 기도 생활을 택했다. 그 당시에는 아이들이 어려서 셋이 한 방에서 함께 잤다. 나는 아이들이 깨기 전 새벽에 일어나 촛불을 켜놓고 아침 기도를 했다. 아이들이 학교에 가고 나면 한인 성당으로 매일 미사를 빠지지 않고 다녔고, 아름다운 필리핀 성당 기도실에서 성경 말씀을 읽고 묵상하며 아이들이 학교에서 돌아오기를 기다렸다. 그런 여유와 기도 생활로 황폐해졌던 내 가슴은 새로운 사랑으로 채워져 가기 시작했다.

그리고 우현이를 돌보는 일은 육아 도우미에게 맡기고 교수님 충고대로 잠잘 때만 함께했다. 어찌나 충고를 잘 따랐는지 어느 날 서현이가 와서 이런 말을 했다.

"엄마, 오늘 학교에서 엄마가 나를 위해 해주는 것이 무엇인지 떠올려보는 시간이 있었는데 아무리 생각해도 없는 거야. 엄마가 나를 위해서 하는 일이 뭐지?"

모든 집안일은 가사 도우미에게 맡기고, 아이들 육아는 육아 도우미에게 맡기고, 그야말로 나부터 살고 보자 했으니 서현이가 그렇게 말할 만도 했다. 그러나 나는 당당하게 서현이에게 말했다.

"엄마는 너희들을 위해서 기도하잖아. 그것만큼 큰 선물은 이 세상에 없어."

엄마가 새벽마다 기도하는 모습을 보았던 서현이는 이해하는지 알 수는 없었지만 엄마 말이 맞다며 기뻐했다.

또 다른 기적을 꼽으라면 단연 영어다. 이렇게 말하면 내 영어 실력이 엄청 좋은 것 같지만 전혀 아니다. 나의 영어 실력은 유아 수준이다. 영어 말하기 수준이 만 4세라 하면 딱이다. 그러나 일상생활에는 전혀 지장이 없다. 어려운 단어는 사전에 나오는 말처럼 쉽게 풀어서 설명하면 그만이다. 주변 아이들을 한번 둘러보면 무슨 말인지 짐작이 갈 것이다. 네 살쯤 되는 아이가 어떤 수준으로 말하는지 말이다. 물론 아이들마다 정도의 차이는 있겠지만, 내 언어 이해 수준을 감안할 때 보통 수준이라고 하면 되겠다.

나의 이 정도 언어 수준은 서현이가 태어나면서부터 매일 조금씩 읽어주던 영어 동화책과 함께 즐겨 보았던 영어 동화 비디오, 어린이 영화 등을 통해서 습득된 것이다. 특히 서현이 출생 직후부터 우현이가 태어나기 전인 만 세 살 때까지 집중적으로 함께했다.

바로 이거다!

서현이에게 책을 읽어주던 시간들이 쌓이고 쌓여 나도 모르는 사이,

아기가 언어를 받아들이듯 그렇게 영어를 익히게 된 것이다. 그 세월들을 돌이켜보면 아이의 교육에만 관심이 있었지 나에게까지 영향을 미칠 거란 생각을 전혀 하지 못했다. 어떻게 보면 나는 다시 태어난 아기처럼 서현이와 함께 성장한 것이다.

필리핀으로 오기 전 캐나다로 떠났을 때도 경험했지만 나의 네 살 수준 영어는 필리핀에서 더욱 빛이 났다. 적어도 의사소통은 가능해서 낯선 이국땅에서 그리 큰 어려움 없이 준비할 수 있었다. 유아 수준이지만 그 정도도 말할 수 없었다면 이민 생활이 쉽지 않았을 것이다. 그것도 우현이까지 데리고 말이다.

지금까지의 필리핀에서의 삶을 되돌아보면 모든 것이 기적이었다. 요즘도 난 매일 매일 일상 속에서 마치 그렇게 정해져 있었던 것처럼, 우연처럼 보이지만 기적 같은 일들을 체험하곤 한다.

희망이란 뭘까? 기적이란 뭘까?

긴 고통의 시간 후, 나는 보이는 것은 희망하지 않으며, 보이지 않는 것을 희망하기에 인내하며 기다린다는 것과, 기적은 바람이 아니라 믿음으로 이루어진다는 것을 알게 되었다.

나의 기다림은 아직도 계속되고 있다. 기적은 믿는 순간 이루어지는 거니까 믿기만 하면 된다. 나에게는 어려운 일이 아니다. 그저 오늘 하루 희망하고 믿으면 되니까.

사랑에
빠지다

나는 세상에서 제일 한심한 부류 중 하나가 성당이나 교회에서 시간을 보내는 사람들이라고 생각했던 사람이다. 그런데 어찌하다 보니 성당에서 둘째가라면 서러운, 그야말로 성당 '죽순이'가 되어버렸다. 요즘 말로 하면 하느님 '사생팬'이다.

성당에 왜 가느냐고 물으면 마음이 편해서, 의지할 곳 없어서, 두려워서 등등 많은 다양한 이유가 있겠지만 내 대답은 늘 한결같다. 누가 들으면 오글오글 하다 할 만도 하지만 나는 당당히 말한다. 하느님께 사랑 고백하러 성당에 간다고. 성당 단체 활동을 왜 그렇게 열심히 하느냐는 질문에도 나는 봉사라는 말을 하지 않는다. 너무 좋아서 하는 일이라고, 희생이 아니고 그저 내 사랑을 표현할 길이 그거라서 그렇다고 말한다.

신앙이 없는 사람들이 보면 단단하게 미쳤다 할 만하다. 난 그래도 좋다. 미치면 어떠랴. 누구든 사랑에 빠지면 미치는 거 아닌가. 사랑을 안 해본 사람은 알 리가 없다. 거기다가 신기한 일은 나는 몸이 약해서 인지 잘 질리는 성격이어서인지는 모르지만 늘 하는 일마다 3개월 이상 꾸준히 해본 적이 없다. 좋아하다가도 잘하다가도 금방 흥미를 잃는다. 그런데 성당에서 하는 일은 세례받은 후부터 지금껏 10년이 넘도록 한결같다. 하느님을 향한 마음은 지칠 줄을 모르는가 보다.

성당에 처음 가던 해에 내 나이 마흔이었다. 나는 종종 사람의 마음이 왜 변하는가에 대해 생각해보곤 했다. 나는 안 변하는데 왜 사람들은 변할까? 하는 마음으로 상심을 많이 했었다.

그리고 그날, 교리를 받으려고 성당에 처음 갔던 날이었다. 이미 한 달은 지나버린 교리 시간에 본당 신부님의 전화 한 통으로 소 끌려가 듯 마지못해 '에이, 가기 싫어.' 하며 성당에 발을 디뎠다. 그런데 상상할 수 없던 일이 생겼다.

외국 유명 여가수의 대표곡 중 '하느님의 손길이 나에게 닿았다'라는 가사를 언젠가 들은 기억이 있다. 그 노랫말이 내 이야기가 될지 꿈에도 생각지 못했다. 그게 뭔지도 몰랐다. 그런데 변하지 않는 신의 사랑에 감동하여 기쁨이 넘쳤다. 난 왜 이런 사랑을 몰랐을까. 진작 알았더라면 다른 삶을 살고 있을 텐데 하며 안타깝기까지 했다. 아무튼 그 날 깨달음 후부터 수녀님의 가톨릭 교리 강의가 귀에 쏙쏙 들어와 내 심장을 마구 뛰게 했다. 나는 수녀님 말씀을 열심히 듣고, 열심히 바라 보고, 열심히 가슴에 새겼다. 한순간에 눈빛이 달라진 것이다. 교리 담 당 수녀님께서도 갑자기 달라진 내 태도를 기뻐하셨고 예뻐해주셨다.

아직도 그때 교육받은 가톨릭 교리 중 많은 부분을 기억하며, 내 기 도문 중 반은 그때 배운 것들이다. 그해 세례를 받은 직후 태원 씨는 나의 달라진 눈빛을 보고 신의 존재를 믿고 세례를 받기로 결심했다. 그리고 수녀님의 배려로 태원 씨는 필리핀에 올 때마다 교리 수업을 받은 후 세례를 받았으며 나의 바람대로 우리 가족은 성가정이 되었 다. 매주 온 가족이 함께 성당에 가지는 못했지만 성가정을 이룬 것만 으로도 감사하고 또 감사했다.

나의 가톨릭 세례명은 '바올리나'다. 바오로의 여성명이라 태원 씨 세례명은 '바오로'로 정했다. 그리고 우리 모두 태원 씨를 부를 때는 바오로의 영어 명칭, '폴Paul'이라고 부른다. 태원 씨는 그 특유의 과장 되기도 하고 엉뚱하기도 한 입담으로 이상한 나라의 '폴'이 되기도 했 는데 썩 잘 어울렸다. 나도 한순간에 닿은 하느님의 손길로 마음이 바 뀌었으니 바오로라는 성인의 세례명을 갖게 된 것이 참 잘 맞는 것 같 았다.

나는 사랑에 빠진 사람처럼 매순간 마음을 열고 하느님을 맞아들일 준비를 했다. 그러자 성경 말씀부터 열심히 읽어야겠다는 생각이 들었다. 정말 열심히 밤을 새워 읽었다. 어쩜 그리도 재미있는지. 전 세계의 베스트셀러인 성경을 처음부터 끝까지 읽어보겠다고 몇 번이나 시도한 적이 있었는데 그때마다 창세기를 지나 민수기쯤 오면 너무 지루해서 더 이상 못 읽고 덮어버리곤 했다. 그런데 신기하게도 술술술 읽혔다. 좋아하는 사람, 사랑하는 사람에 대해서는 무엇이든 알고 싶어하듯 그렇게 나는 내가 사랑하는 신이 누구인지 알기 위해 성경을 읽었다.

그러던 어느 날 내 마음에 콩콩 뛰는 심장 말고 또 다른 심장이 새겨지는 듯한 느낌이 들었다. 그 당시 내 일기장에 나는 이렇게 고백했다.

'내 마음에 또 다른 심장이 생겼습니다.'

나는 그 심장이 비워져 있다는 생각이 들었고 그 심장을 무엇으로 채워야 하는지 몰랐다. 그러자 내가 과연 하느님을 사랑할 자격이 있나 하는 의문이 생겼고, 그 의문을 풀기 위해 먼저 내가 누구인지 알고 싶어졌다. 고해실에서 "내가 누구인지 알고 싶어요."라는 고백을 한 것을 시작으로 나는 아직도 나를 알기 위한 여정을 계속하고 있다. 지금까지 느껴온 것은 하느님이 나를 선택해주셨다는 것이다.

그리고 감히 하느님께 내 모든 것을 바치고 싶다는 마음으로 기도할 때 '죄 많은 내가 과연 그럴 수 있을까?' 하는 의문이 들었다. 나는 어느 성인의 일화로 용기를 얻고 있다. 예수님께 "무엇을 선물로 드릴까요?" 한 성인의 질문에 "너의 죄를 나에게 다오." 하셨다는 일화다. 기도할 때 선물로 드리기 위해서 나의 죄가 무엇인지 생각해보곤 한다.

그 비워져 있었던 심장은 예수님의 사랑으로 채워야 한다는 것을 깨달았다. 그리고 두렵지만 기도했다. '예수님의 사랑으로 나를 이끌어 주세요.' 라고.

그렇게 나는 하느님과 사랑에 빠졌다.

"나는 너에게 무엇이냐?"

"사랑이십니다."

"너는 나에게 무엇이냐?"

"하느님의 사랑입니다."

오늘도 난 미사 참례 중에 이렇게 고백하며 하루를 시작한다.

형수님
괜찮으세요?

KBS 〈남자의 자격〉이 한참 대중들의 관심을 받고 있을 때였다. '암 검진'이라는 주제로 출연자들 모두가 병원에서 검진을 받게 되었다.

나중에 들은 이야기로는 태원 씨는 모든 검진을 거부했다고 한다. 암 검진 몇 달 전 건강 검진 때도 피해 다녀서, 이번에도 검진 안 하면 가족들이 더 의심하지 않겠느냐는 작가의 설득으로 본인이 그나마 건강하다고 생각한 위를 검진받겠다고 했다 한다.

이미 녹화가 끝나 결과가 나온 상태에서 태원 씨는 필리핀에 왔다. 필리핀에 도착한 날 밤, 태원 씨는 아주 태연하게 "놀라지는 마. 〈남자의 자격〉에서 건강 검진을 하는 시간이 있었는데 위에서 뭐가 좀 발견

됐대. 아주 간단한 내시경 수술로 끝나기는 할 건데, 일주일 정도 입원
은 해야 한다니까 네가 와야 할 것 같아." 했다. 그다지 큰 병도 아니고
그냥 용종 비슷한 것만 간단히 제거하면 된다는 말에 나는 알았다며
함께 한국에 갈 채비를 하였다.

한국에 도착한 다음 날 가벼운 마음으로 병원에 갔다. 그런데 뭔가
분위기가 수상하다. 카메라에 PD님들, 작가님들까지. '뭐지?' 하는 생
각이 드는 순간 누군가 나에게 "형수님 괜찮으세요?" 하는 거다. 왜
그렇게 물어볼까 의아해하며 태원 씨를 따라 병실로 올라갔다.

그런데 이게 어찌 된 일이야!

엘리베이터를 타고 도착한 곳은 암 병동이었다. 난 순간 표정이 굳
어졌고 머릿속이 하얘지기 시작했다. 그리고 이어지는 주치의 선생님
의 설명에도 무슨 말인가 싶어 그저 눈만 깜빡거렸다. 감정을 느끼거
나 생각할 여유조차 없었다.

설명이 끝나고 입원실에 앉아 태원 씨의 설명을 다시 들었다. 알코
올 중독에서 헤어난 지 1년 남짓 지난 터라 암일 가능성이 크다는 진
단에 뒤통수를 세게 얻어맞은 듯 멍하니 있을 수밖에 없었다. 눈물도
안 나왔다. 울 때가 아니라 일단 받아들이고 해결책을 찾아야 하니까.

태원 씨를 쳐다보자 그야말로 기가 막혀 웃음이 나왔다.

"이제 하다하다 못해 암까지 걸렸어? 진짜 끝내준다, 자기."

우리는 울음은 삼키고 좁은 병실 침대에 함께 누웠다. 뭐 어차피 이

렇게 된 건데 일단 발부터 뺀자는 셈으로 그냥 누웠다. 남들이 보면 저 부부 이상하다 했겠지만 우리는 이제 슬픔도 아픔도 태연히 받아들일 만큼 평화로워지는 법을 알았던 것 같다. 아니면 함께할 날들이 얼마 남지 않을 수도 있다는 마음이 들어서였을까? 환자는 태원 씨였고 나는 보호자였지만 나도 늘 한국과 필리핀을 오가는 일정으로 육체적으로도 지치고 정신적으로는 말할 것도 없이 지쳐 있던 터라 태원 씨가 나를 위해 침대를 내주고 소파에 앉아 있기도 하였다.

그 모습을 본 〈남자의 자격〉 스텝들은 모두 한 목소리로 너무하다 했지만 뭐가 너무해! 너무한 건 김태원이지!

첫 번째 수술 후, 암 세포였던 것으로 판명이 났고, 세포가 조금 더 퍼져 있어서 다시 한 번 수술을 해야 했다. 그리고 나는 확실히 알았다. '암'이라는 병은 '죽음'과 바로 연결돼 있다는 것을. 태원 씨가 위암에 걸리기 전에 주변분들이 암 진단을 받았다는 소식을 들으면 놀라기도 하고 기도도 하곤 했지만, 암 1기나 2기라 하면 그저 가벼운 병 정도로 생각했었다. 태원 씨가 위암 진단을 받고서 나는 암이란 병이 참으로 무섭다고 생각되었다.

태원 씨의 두 번의 암 수술 중 첫 번째 수술은 생생히 방송되었다. 누군가 암 진단을 받을 거란 예상은 당연히 없었던 터라 모든 스텝과 출연진들도 상당히 충격을 받은 것으로 안다.

태원 씨 말로는 원래 대장 쪽을 검진받을까 하다가 평상시 본인이 장은 약하고 위는 튼튼하다는 생각이 들었다고 한다. 그래서 나름 머리를 써서 위를 검진받겠다 한 거란다. 그런데 결과가 그리 나오고, 암 조기 발견, 그것도 정말 아무도 생각하지 못할 만큼 너무나 작은 암 세포여서 어쩌면 그냥 지나쳐갔을 수도 있었던 상황에서 발견을 했으니 사건 중의 사건이 아닐 수 없었다.

나는 카메라나 시스템들을 의식할 상황이 아니었고 혹시나 하는 생각 때문에 정말 심장이 쪼그라든 상태로 모든 것을 지켜보았다. 그 당시 방송을 통해 나를 본 분들, 나를 모르는 분들까지도 내 표정에 대해 이야기를 많이 하셨다. 너무 초연한 표정이었다고 말이다.

나도 모른다. 왜 눈물도 안 났는지. 그저 다행이다. 천운이다. 이 외에 무슨 생각을 할 수 있었을까?

그저 할 수 있는 말이라곤 "하느님 땡큐!"였다.

내일 일은
내일이 할 것이다

심리학 교수님 조언에 따라 나에게 집중해 몇 해를 살다 보니 아이들에게, 특히 우현이에게 미안한 마음이 들기 시작했다. 그래서 결심한 것이 우현이와 함께 1년에 한 번 성지 순례 가기였다. 서현이는 이미 사춘기에 접어들어 엄마 따라 여행하기를 거부했다.

사실 우현이와 비행기 타는 일은 참 어렵다. 바로 얼마 전까지도 웃지 못할, 그러나 웃긴 일이 있었다. 우현이가 배가 아프다며 화장실을 갔다. 비행기에서는 화장실 안에 사람이 있는지 없는지 밖에서 알 수가 있다. 그럼에도 가끔은 안에 누가 있는지 확인하려고 화장실 문을 똑똑 두드리는 사람들이 있다. 우현이는 그 소리에 변기에 앉은 채

"네?" 하고 대답하며 문을 열었다. 아이고 난 몰라!

마침 내가 돌발 사태를 대비해 화장실 근처에 서 있었으니 다행이지 아주 난감한 상황이었다. 다 큰 남자 아이가 바지를 벗은 채 앉아 문을 열었으니 어떡하면 좋아. 상대방은 문 두드려놓고 옆 화장실로 옮겨 간 상태였고 하필이면 지나가던 젊디젊은 여자 승무원이 그 모습을 보고 말았다. 승무원은 처음엔 당황했지만 내가 지켜 서 있었던 걸 눈치채고는 그냥 눈웃음과 함께 지나쳐주었다. 예전엔 바지도 안 입은 채 나온 적도 있으니 이 정도쯤이야, 하며 우현이와 함께 자리로 돌아왔지만 식은땀이 주욱 나던 순간이었다.

우현이와 외출을 하면 아들이라서 여자인 엄마와 함께할 수 없는 일들도 많다. 공중화장실도 함께 못 가고 목욕탕에 데리고 갈 수도 없다. 한국의 그 흔한 찜질방 한번 가기 힘들다. 수영장을 가도 샤워실을 함께 못 가니 안에서 뭘 어떻게 하나 불안해서 전전긍긍한다.

그러나 성지 순례는 많은 분들과 함께 가니 우현이 돌보는 일이 그리 어렵지 않을 것 같았다. 물론 피해를 끼칠까 미안한 마음으로 조심스럽기도 했지만 아직 우현이가 어리니까, 그리고 기도하는 분들이니까 이해해줄 거라고 생각하기로, 그야말로 뻔뻔해지기로 하고 순례를 떠났다.

우현이는 그저 엄마와 24시간 함께 지내는 여행이라 신나 한다. 우현이 입장에서 보면 성지인지 외국인지 알게 뭐야. 깔끔쟁이 왕자병 우현이는 말을 할 수 있을 무렵부터 호텔만 오면 집이라며 좋아했다.

거기다가 최고 좋아하는 외식을 삼시세끼 하니 얼마나 좋아! 또 평상시에는 못 하게 하던 휴대용 게임기까지 덤이다. 아이가 너무 산만해질 수 있는 상황이면 게임기를 쥐어주어서 위기를 면했기 때문이다. 성지 순례는 그야말로 우현에게는 종합 선물 세트다.

나는 다른 분들께 피해가 갈까 미안하다는 말을 연발하며 다녔는데 오히려 함께하신 분들은 우현이의 오매불망, 그저 엄마만 바라보는 외기러기 사랑에 감동했다. 어떻게 그 나이가 되도록 엄마를 안아주고 뽀뽀해주냐고, 자신이 아이 키워온 과정을 생각하니 반성이 많이 된다고 말이다. 나는 그런 시각으로 우현이를 바라본 적이 한 번도 없어서 사실 놀랐다. 정말 생각해보지 못했던 부분이었다. 사실 서현이 경우만 봐도 친구가 더 좋아서 부모를 따라다니려 하지 않는다.

우현이는 내 머리카락 냄새를 맡으며 뽀뽀해주는 걸 참 좋아해서 나와 함께 있으면 과장 좀 보태 5분 간격으로 내 머리를 끌어당긴다. 그 과정에서 내가 피하려 하면 목이 꺾이기도 하고 머리카락이 뽑히기도 해서 나는 우현이를 귀찮아하기도 하고 밀쳐내기도 했다. 함께하신 분들이 그런 말을 할 때마다 속에서는 '한번 당해보세요. 그 말씀이 나오나.' 하는 생각이 들었다.

그리고 그 순례의 시간만큼은 우현이에게 봉사해주기로 했기 때문에 꾹 참아낸 건데 함께한 분들은 내가 매일 그렇게 참아내는 줄 아시고 나를 천사라고 하신다. 아이고 민망해! 엄청 민망한 상황이지만 뭐

달리 설명할 길이 없어서 그냥 미소만 지었다. 나에게는 하루하루가 숙제인데 말이다.

우현이의 그 애정 행각 때문에 가끔 오해도 받는다. 순례 중 성당 안에 들어가면 조용히 해야 하니 나는 우현이 옆에서 계속 감시를 하며 붙어 다닌다. 그러니 우현이는 신나서 더 머리를 잡아당기고 뽀뽀하고 난리다. 그런 모습을 보면 외국 순례객들은 대체로 엄마와 아들인 걸 알고 웃으며 지나간다. 아들이 엄마를 엄청 사랑하나 보다고 말해주며 덩달아 흐뭇해한다.

그러나 내가 체구가 워낙 작다 보니 뒷모습을 보고 아이들이 끌어안고 뽀뽀하고 다니는 것으로 착각하는 사람들도 가끔 있다. 내가 생각해도 오해받기 딱이지. 결국 어떤 할머니가 "Children! Go out!" 한다. "애들! 나가!" 이렇게 말이다.

아이고 머리야~ 난 행복한 여자다. 아니 행복한 뇨~~자다. 아들만큼 어린 소녀가 되어 쫓겨났으니 말이다. 우현이는 사람들이 뭐라 하니까 그만하라는 엄마의 잔소리에 "미안해" 하며 히죽 웃는다.

우현이의 '미안해' 하는 소리는 정말 천사의 목소리 같다. 화가 나다가도 그 표정과 애교 어린 말투 때문에 웃음이 나온다. 그 해맑은 우현이의 미소로 순례길이 쉽진 않아도 웃을 수 있어 더 행복하다. 함께하신 분들도 그 해맑음에 감동받고 정화되는 기분이라는 말씀을 많이 하신다. 그리고 함께해서 고맙다고까지 하신다.

난 아직도 우현이와 해마다 순례를 다닌다. 그리고 2015년 우현이와 함께한 세 번째 순례길에서 나는 알았다. 우현이가 내 머리를 끌어당길 때 순순히 따라가주지 않으면 목도 아프고 머리카락도 뽑히고 온몸에 힘을 주어 버텨야 하기 때문에 몸도 뻐근하다. 그러나 힘을 빼고 우현이가 당기는 대로 가만있으면 아프지도 않고 짜증도 안 난다는 것을 말이다. 역시 힘 빼기였다.

골프도 테니스도 수영도 힘을 빼야 잘한다. 아니 할 수 있다. 힘을 주면 실력이 좋아질 수가 없다. 더 나아가면 힘을 언제 써야 하는지 알아야 한다. 우현이가 사랑을 표현해줄 때 힘쓸 게 아니고, 그 힘을 비축해서 또 다른 고통의 시간을 견뎌야 한다. 우리의 삶에서 고통이란 질문이 필요 없는, 어찌 보면 당연한 은총의 시간이니 말이다. 적어도 나는 그래 왔다.

"그러므로 내일을 걱정하지 마라. 내일 걱정은 내일이 할 것이다. 그날 고생은 그날로 충분하다." (마태 6:34)

나는 이 말씀이 참 좋다. 일분일초 후의 일도 모르는 우리인데 머나먼 미래를 보며 걱정할 이유가 없다. 주변분들이 나에게 우현이를 죽을 때까지 어떻게 돌보냐며 안쓰러워할 때마다 나는 '내일 일은 난 몰라요. 하루하루 살아요~'를 노래한다. 내 힘으로 마련한 일이 하나도 없다는 걸 알고 있기 때문이다.

마음이
울리는 대로

'사람은 후회라는 사다리를 오르면서 성장한다.'

누군가 이렇게 말을 했다. 우리는 후회하는 삶을 살기 쉽다. 그런 삶에 용기를 주는 아주 좋은 말씀이다. 그러나 난 후회하는 삶을 청산하기 위해 나름 마음속으로 내 일상의 신조 하나를 정했다.

'마음이 울리는 대로 살자'

어찌 보면 위험한 생각일 수 있다. '내 맘대로 산다.'로 해석할 수도 있으니 말이다. 하지만 기도 안에서 식별을 청하며 그야말로 하고 싶은 일을 하면 소용없는 일은 없더라고 자신 있게 얘기할 수 있다.

내가 주최하는 장애인 가족 힐링 캠프가 내 신조의 첫 열매다. 처음에는 우현이의 미래를 위해 무엇인가 안전장치를 만들고 싶다는 소망으로 시작했다. 바로 장애인 공동체 설립이다. 그룹 홈으로 전문 봉사자와 함께 생활할 수 있는 그런 꿈의 공동체 말이다. 지금도 교육, 훈련, 생활이 함께 어우러지는 그런 공간을 꿈꾸고 있다. 나는 아무런 지식도 상식도 없이 그저 부모가 죽고 나면 우현이는 어떡하나 하는 마음으로 장애인 공동체를 꿈꾸어왔다. 아마 나와 같은 입장의 부모님들도 한 번쯤은 아니 늘 이런 꿈을 품고 있을 거라 여겨진다. 하루만 더, 장애를 가진 내 아이보다 하루만 더 살게 해달라고 기도해보지 않은 부모가 어디 있을까. 그러나 공동체 설립을 위해서는 내가 가진 것이 너무 없었다. 그저 꿈만 있을 뿐이었다.

꿈의 시작은 이러했는데 막상 시작하려니 걸림돌도 많고 내 능력으론 역부족이다. 그러다가 평소 잘 알고 지내던 신부님으로부터 캠핑장 이야기를 들었고 나는 그 순간 '이거다!' 하는 생각이 들었다.

우현이가 장수초등학교 다닐 때의 일이다. 군청에서 군 내에 있는 초등학교의 특수반 학급 학생들을 대상으로, 보호자 한 명과 함께 2박 3일 제주도에 보내주는 행사가 있었다. 나는 선생님들도 동행하고 학교 단위로 가는 행사이니 아이와 여행하는 것 외에도 게임이나 교육 같은 특별 프로그램이 있을 거라고 생각했다. 막상 가보니 단순한 여행이었고, 마음속으로 아쉬움이 많았다. 그러나 우현이와 온전히 함께할 수 있는 시간에는 감사했다. 그런 아쉬움이 남아 있던 터라 캠핑장에 대한 이야기를 듣자마자 아이디어가 떠오른 것이다.

캠핑!

아이들도 어른들도 캠핑이라고 하면 신부터 난다. 막상 캠핑장에 가면 할 일도 많고 부족한 것도 많지만 그런 것들은 신나는 마음에 비하면 아무것도 아니다. 나는 들뜬 마음으로 캠핑 기획을 시작했다.

뭐가 필요할까 차근차근 생각해보았다. 우선 대상자가 필요하다. 그리고 봉사자가 필요하다. 그리고 경비. 사실 첫 번째 필요한 것이 경비였다. 뭐니 뭐니 해도 머니다. 그 당시 태원 씨는 예능인으로 재기에 성공하여 나름 방송 스케줄도 많아 수입이 월등히 는 시기였다. 우리는 수입이 늘어 좋았지만 사회에 돌려주어야 한다는 생각을 많이 했던 터라 장애인 가족 중 어려운 가족들에게 도움을 줄 수 있으면 좋겠다는 생각을 막연히 하고 있었다.

그러나 처음엔 태원 씨에게 캠프 기획을 알리지 않았다. 경험도 지식도 없이 그야말로 '맨땅에 헤딩'으로 시작하자니 얘기할 구실도 없었다. 다행히 태원 씨는 내 용돈에는 크게 관대한 편이라 나는 야금야금 용돈을 타서 필리핀 돈으로 비축해두었다. 그리고 혼자서 기획을 시작했다.

돈이 해결되자 제일 먼저 필요한 것이 봉사자였다. 프로그램을 진행할 전문가와 장애인 아이들을 돌봐줄 전문 특수교사가 필요했다. 처음에는 우현이와 전문 프로그램 안에서 함께할 수 있는 캠프를 꿈꾸었던 터라 일단 우현이 특수학교 선생님에게 의뢰했다. 필리핀에서 내가 알고 있는 특수교사는 우현이 선생님뿐이고 또 함께할 가족도 찾기 쉬운 일이 아니라서 선생님에게 우현이가 다니는 특수학교 학생 가족들을 대상으로 몇 가족 추천해달라 부탁했다.

그 다음은 장소가 문제였다. 캠핑장을 위주로 여러 군데 찾아다녀 보았는데 교통편도 그렇고 캠프 참여 인원이 적어도 40명은 되어야 단체가 되고 무엇보다도 음식이 문제였다. 필리핀 현지 사정상 저렴한 가격으로 캠핑을 하려면 좋은 식단일지는 몰라도 맛난 식사를 기대하기가 힘들었다.

그러던 중 예수 성심 수녀회 수련원에서 운영하는 피정의 집이 완공되어 신자들이 이용하고 있는 것을 알게 되었다. 새로 지은 건물이라 청결은 말할 것도 없고 수녀님들께서 정성으로 만들어주시는 음식은 그야말로 어디 비교할 수 없었다. 물론 캠프에 필요한 수영장이나 놀이 시설은 없었지만 그런 것쯤은 늘 여름 나라인 필리핀에선 외부 활동으로 진행하면 되니 문제 없었다. 그리고 내가 생각한 캠프는 장애아만을 위한 것이 아니라 장애인 가족의 치유를 위한 캠프였기 때문에 수녀원은 다른 어떤 곳보다도 적합한 장소가 되어주었다.

일단 거창하게 하지 말고 할 수 있는 것만 하자는 마음으로 1박 2일 캠프를 기획했다. 우선은 엄마와 장애인 아이, 그리고 그 형제자매를 대상으로 했다. 프로그램은 피정으로 하기로 하고 원장 수녀님께 부탁을 드렸다. 수녀님께서는 영성 지도자로서 필리핀 수녀님들을 양성하는 교수 수녀님이셔서 영어가 능통했다. 엄마들 피정 시간 동안 아이들은 선생님들이 알아서 프로그램을 준비해와 돌봐주기로 했다.

모든 준비가 끝났다. 나와 우현이를 포함해 여섯 명의 엄마와 여덟 명의 아이들이 함께했고, 네 분의 특수교사들 그리고 수녀님이 한 마음 한 뜻이 되어 첫 장애인 가족 힐링 캠프를 완벽하게 치뤄냈다.

조금이라도 주저하는 마음이 있었다면 첫 캠프를 기획하지 못했을 거다. 지금도 나는 내 마음이 울리는 소리에 귀 기울인다.

아버님의
위로

　처음 필리핀으로 떠나고 나서 나는 1년 동안 한국에 들어갈 수가 없었다. 아니 가고 싶지 않았다. 우현이와 힘들게 지냈던 기억들이 되살아날 것 같았다. 서현이가 필리핀을 떠난 후 오고 싶어 하지 않는 이유와 같을 것 같다. 이렇게 글을 쓰니 서현이의 마음이 어떨지 더욱더 느껴져 가슴이 아프다.

　그러나 우현이의 비자 문제로 어쩔 수 없이 한국을 다녀와야 했다. 우현이와 함께 비행기를 탄다는 건 공포 영화만큼이나 끔찍했다. 비행기를 타기 일주일 전부터 스트레스로 신경이 날카로워지곤 했다.

　1년 만에 귀국을 하니 태원 씨는 내 운전기사나 우현이 보모가 되어도 마냥 좋아했다. 태원 씨는 필리핀에 못해도 3주에 한 번씩은 왔었는데도 내가 한국에 왔다는 것이 그렇게도 좋았나 보다. 그런데 나는 그때까지만 해도 태원 씨에게 차갑게 대했던 것 같다. 실망이나 원망들이 뒤엉켜 다 풀지를 못했다. 아마도 그런 것들이 내 눈빛, 얼굴 표정 그리고 몸짓까지 모든 곳에서 드러났을 거다.

시부모님께도 인사를 하러 갔다. 가족들은 1년 만의 만남이라 무척 반기셨다. 시어머니, 시누이들과 이런저런 이야기를 나누고 있는데 아버님께서 퇴근하여 오셨다.

늘 말씀이 없던 아버님께서 나를 보자 딱 한마디 하신다.

"힘들지?"

아! 그 말 한마디에 나는 갑자기 눈물이 왈칵 쏟아졌다. 재잘재잘 함께 수다를 떨고 있었는데 이게 어찌된 일이지, 하며 한참을 또 한참을 꺼이꺼이 울었다.

아마도 실망하고 원망해왔던 시간들을 누군가 알아주었기 때문이었던 것 같다. 세상에 나 혼자 버려진 것 같았던 그 시기에 "힘들지?" 하는 아버님의 그 말씀이 나에게 큰 위로가 되었던 거다.

이민 생활 10년 동안 많은 분들의 위로로 나도 이제는 그 누군가에게 힘들지 않느냐고 안아줄 수 있는 힘이 생겼다. 그 힘이 바로 장애인 가족 힐링 캠프를 주최하는 일의 원동력이지 않을까?

아빠가
우현이와 함께

2014년, 결혼 20주년을 앞두고 태원 씨에게 서울교구 주보 원고 청탁이 들어왔다. 그해 12월 한 달간 네 개의 원고를 써달라는 청탁이었다.(신자가 아닌 분들을 위해 주보가 무엇인지 설명하자면, 성경 말씀과 이야기들을 담아 성당에서 매주 발행하는 소식지라 할 수 있다.) 그리고 이듬해 2월이면 그동안 주최해온 캠프의 또 다른 시범 캠프인 아빠와 아이들을 위한 캠프가 필리핀에서 열린다.

그동안 나는 주최자로서 우리 가족이 참여하는 건 엄두도 못 냈다. 필리핀으로 가족들과 봉사자가 초대되면 필리핀 현지 사정을 잘 아는 내가 생활 문제를 전적으로 책임져야 하기 때문이다. 처음 캠프를 기획했을 때는 우현이와 함께 무엇인가 하기 위한 시도였는데 막상 캠프를 진행해보니 내가 우현이와 가족으로 참가하는 것이 불가능했다.

그러한 상황이 계속되던 중 드디어 우현이가 캠프에 참가할 기회가 온 거다. 엄마들은 참가가 허락되지 않고 아빠랑만 참석하는 캠프라서 우현이가 참가할 수 있는 유일한 기회였다. 나는 태원 씨에게 어차피 학기 중이라 우현이는 4박 5일 내내 참가할 수 없으니 하루라도 참가해줄 수 없느냐 물어보았다. 태원 씨는 아직 캠프가 몇 개월 남은 시점이라 계속 시달리기 전에 일단 넘기고 보자 하는 마음으로 "알았어." 대답했던 것 같다.

그리고 나름 주보 원고를 열심히 준비했다. 처음에는 되도록이면 신자가 아닌 사람들이 보아도 거부감이 들지 않도록 신앙 용어를 절제했다. 그러나 한 주가 지나고 다음 글을 쓰는 걸 보니 신앙 용어가 하나둘 늘기 시작했다. 그러던 중 수녀님께 연락이 왔다. 다음 해 2월 주보에 글이 실릴 것이니 천천히 준비하라는 연락이었다. 당장 글이 실리지 않아도 기간이 길어진 만큼 생각할 시간도 길어졌다.

나는 한 주 한 주분 글이 완성되어 가는 것을 보고 점점 가능성이 있다고 생각해서 태원 씨에게 캠프에 참여할 날을 하루에서 이틀로, 이틀에서 4박 5일로 늘려 온전히 참여해줄 것을 부탁했다.

마침 그 해가 결혼 20주년에다 처음 만난 해로부터 30주년이어서 예정되어 있던 선물 대신 그야말로 야.금.야.금 내 목적을 쟁취한 거다. 예정되어 있던 선물이란 한 달간 해외여행하기였다. 휴양 외에는 여행을 싫어하는 태원 씨에게는 한 달보다는 4박 5일이 훨씬 쉽게 생각되었을 거다. 물론 이 이유만은 아니었을 거란 건 안다. 주보 원고를 정리하면서 나름 우현이에 대한 마음도 새로워지고, 내가 하는 일에 대해 관심을 좀 더 갖게 된 것 같다.

　그렇게 태원 씨와 우현이가 캠프에 참여하기로 확실히 결정이 된 후 나는 태원 씨에게 한 가지 제안을 더 했다. 장애인 가족에 대한 인식이 부족해 일반 가족 캠프에 참가하기 어려운 현실이 안타까워 장애인 가족 캠프를 기획하고 주최했던 터라, 다른 곳에서도 우리와 같은 캠프를 많이 기획해주었으면 하는 바람으로 캠프 과정을 방송으로 내보내면 어떻겠느냐는 제안이었다. 그렇게 전에도 한 번 시도해본 적이 있었던 〈인간극장〉에 다시 연락해 방송을 하기로 결정했다.

　태원 씨가 우현이와 함께 4박 5일을 함께 생활한다는 것은 기적 같은 일이었다. 사실 태원 씨는 아들의 상태를 10년 이상 받아들이지 못했다. 자식 예쁘지 않을 부모 있겠냐만 태원 씨는 우현이와 함께하기를 유난히 힘들어했다. 필리핀에 와서 1년 만의 가족 여행에서 돌아온 후 "이제 그만." 하고 그것으로 가족 여행이 마지막이었음을 선포했다. 그 후로 몇 년 뒤 우현이와 30분만 놀아달라는 나의 간곡한 부탁에 마지못해 수영장에 들어갔다가 5분도 채 안 돼 "나 나가면 안 될까?" 하며 힘들어했다. 그래서 사실상 태원 씨가 우현이와 함께해주길 바라는 기대는 완전히 접었었다.

기대 이상의 성과에 나는 다시 "하느님 땡큐!"

촬영은 필리핀에서 거의 한 달간 밀착 취재로 이루어졌다. 우현인 방송 카메라가 집으로 학교로 그리고 캠프까지 계속 따라다니는 걸 참 좋아했다. 캠프 참여도도 매우 높은 편이었다. 표현을 잘 안 해서 얼마나 좋아하는지 가늠하긴 힘들었지만 마지막 날 매일 프로그램을 진행했던 곳을 가리키며 "컨퍼런스 룸 가요?" 하는 것을 보니 캠프가 끝나는 게 아쉬운가 보다. 매일 매일의 촬영에 지칠 만도 하건만 우현인 언제나 열심히 촬영에 협조했다.

아니 그 이상이었다.

우현이는 그야말로 그동안 나타나지 않던 모든 행동들을 다 보여주었다. 낯선 사람들이 많아서 그리고 자기 마음을 몰라줘서 그랬던 것 같다. 괴성 지르기, 갑자기 사라지기, 같은 말 되풀이하기 등등. 정말 통제 불능한 상황들을 다 보여주었다. 그리고 그동안 함께하지 못했던 시간이 너무 길었던 태원 씨에겐 촬영 내내 그야말로 우현이의 재발견이었다. 그동안 아이가 어떻게 성장했는지 느끼지 못한 채 시간만 흘러갔던 거다. 덕분에 그 방송 후, 떨어져 사는 우리 가족을 이해했다는 평과 자폐라는 병이 무엇인지 조금은 알게 되었다는 평이 많았다.

방송을 촬영하며 얻은 좋은 일들 중 무엇보다도 나에게 기쁨이 된 것은 우현이와 한인 성당 주일 미사 참례를 할 수 있게 되었다는 것이다. 처음 세례를 받은 직후였다. 성당 주일 미사에 갔다가 아기도 아닌 우현이를 유아방으로 데리고 가라는 어느 신자분의 말 한마디에 평일 외에는 우현이를 다시는 데리고 가지 않았다. 우현이가 자기는 아기가 아니라며 유아방으로 가기를 싫어했기 때문이다. 그리고 이어서 보너스로 주일 학교 입학까지!

그야말로 일석이조다. 아니 일석오조는 되겠다. 그때의 인연으로 촬영을 함께했던 분들과 아직도 우정을 쌓고 있다.

"인간 극장 촬영 팀! 사랑해요!"

아빠와
단둘이

우현이가 방송에 섭외되었다는 연락이 왔다. 물론 아빠와 함께. 추석 특집이고 반응이 좋으면 정규 방송으로 편성이 될 거라고 한다.

〈인간 극장〉 촬영 후 텔레비전에 나오는 자기 모습을 보고 우현이는 참 좋아했다. 자기가 소리 지르는 장면은 창피한지 빨리 돌려버리기도 하고 재미있는 장면은 정지 화면으로 간직하기도 하며 보고 또 보고 하였다. 그리고 '티브이 카메라'를 외쳐대며 다시 방송에 나오기를 바랐다. 태원 씨도 우현이가 또 방송 촬영을 하고 싶어 하는 모습이 마음에 걸렸었단다. 그러던 중 섭외된 거라 반갑다. 거기다 아빠와 함께라니 더 반갑다.

학교에 일주일간 결석한다는 사인을 하고 한국에 갈 준비를 하였다. 사실 그 당시 나는 두 달간의 여행 후 한국으로 돌아온 지 이틀 만에 필리핀에 왔고, 필리핀에 온 지 이틀 만에 한국에서 세 가족을 초청해 5일간의 가족 캠프를 빡세게 진행했던 터라 몸이 지칠 대로 지쳐 있었다.

해서 이 노릇을 어쩜 좋아~ 하며 걱정을 하고 있었다. 바빠지게 해달라 기도한 지가 5년이 넘었는데 갈수록 더 바쁘다. 기도도 참 잘 들어주시지. 그래도 이건 좀 너무하다 싶어서 하늘 보고 한 번 투덜! 근데 이게 웬 떡이야. 태원 씨가 우현이를 데리고 한국에 갈 테니 나는 나중에 데리러만 오란다.

무슨 일이지? 무슨 맘으로 우현이를 혼자 데리고 가겠다는 걸까? 나 없는 동안 필리핀에 우현이 만나러 두 번 다녀오더니 친해졌나? 우현이와 함께 비행기 타본 사람은 나밖에 없는데 괜찮을까? 일단 머리부터 굴렸다.

아빠랑 아들 단 둘이 비행기를 타는 역사적인 순간을 맞이하게 할 것이냐, 아니면 몸도 뻐근한 김에 핑계 삼아 한국 가서 센 마사지도 좀 받고 서현이도 만나고 올 것이냐. 결정이 쉽지 않았다. 자랑도 할 겸 여기저기 전화해서 어떡하지 어떡하지 의견을 물었다. 게다가 우현이 표를 다시 사야 해서 비행기 값이 아깝기도 하고. 이런 저런 생각으로 며칠 고민하다가 역사적인 순간을 놓칠 순 없지, 하고 우현이 비행기 표를 비싸게 아주 비싸게 샀다.

갑자기 무슨 일은 생기기도 잘한다. 해가 갈수록 느끼는 거다. 우현이를 키우며 우현이 혼자 아이 열 몫은 한다는 말을 괜히 했다 싶다. 식구 달랑 넷인데 바람 잘 날이 없다. 하루하루 내 맘대로 안 될 때가 더 많다. 그래도 이런 일은 많을수록 좋다. 그리고 우현이 없는 나 홀로 필리핀은 처음이다. 이것도 역사적이네.

드디어 우현이랑 아빠랑 한국으로 갔다. 우현이가 엄마가 없으니 좀더 긴장한 건지 그새 또 성장한 건지 태원 씨는 "우현이가 너무 많이 좋아졌어." 한다. 그리고 태원 씨와 우현이는 한국에 도착하는 순간부터 촬영에 들어갔다.

바로 다음 날 부산에서 부활 콘서트가 있어서 더 흥미진진했다. 무슨 생각에선지 태원 씨가 우현이를 무대에 세운단다. 우현이를 한국으로 데리고 가기 전 며칠 필리핀에서 지내는 동안 "우현아 아빠랑 콘서트 가자. '네버 엔딩 스토리'랑 '론리 나이트Lonely Night' 퍼커션 연습해. 아빠랑 연주하게." 이렇게 말만 하고 특별히 연습을 시키는 것도 못 봤는데 어떻게 무대에 세운다는 건지 참. 그런데 서현이가 동영상으로 우현이가 무대에서 부활 멤버들과 함께 퍼커션을 연주하는 모습을 보내왔다. 감동이다. 박자도 잘 맞추고 나름 연주하는 모습도 멋있다. 떨지도 않는다.

우현이를 데리러 한국에 도착해 태원 씨에게 사연을 들으니 우현이와 내가 한국에 올 때마다 아빠 연습실에 데리고 다녔는데 그때 우현이가 부활 멤버들이 합주를 하면 주변을 서성이며 눈치를 보다가 퍼커션을 한 번씩 두드리곤 했었단다. 그래서 시켜봐도 될 것 같아 시도한 건데 그 이상 잘해준 거란다.

이것 또한 역사적이다. 물론 같은 맥락에서 일어난 일이긴 하다. 우현이에 대한 신뢰가 없어 무늬만 아빠였던 태원 씨였는데 이제 드디어 우현이와 관계를 맺기 시작한 것이다. 이젠 내가 우현이에게 짜증이라도 내면 우현이가 엄마를 얼마나 그리워했는데 그러나며 우현이 편만 든다. 이건 또 무슨 일이지? 태원 씨가 나에게 짜증을 다 내네.

그래도 반갑다. 게다가 나 없는 두 달 동안 우현이가 아빠의 존재를 확실히 안 것 같다. 그리고 엄마가 없을 수 있다는 것도, 엄마가 없으면 아빠가 함께할 거라는 것도 말이다.

필리핀으로 떠나온 후 우현인 아빠 옆에서 자는 법이 없었다. 내가 있어야 그나마 옆에 누웠다. 이제는 아니다. 새벽에 성당에 다녀와서 돌아와 보면 어느새 잠이 깼는지 아빠 옆에서 자고 있다. 만약 방송 섭외가 없었다면 여전히 보지 못했을 장면이다. 위암 발견 그리고 우현이와 주일 미사 함께 가기에 이어 우리 가족에겐 위대한 변화다.

한국의 산은 참으로 아름답다. 어릴 때 배웠던 기억으로 국토의 70 퍼센트가 산이라 했으니 전국 어딜 가나 고개만 들어 보면 주위가 온통 산이다. 그렇게 흔하디흔한 산이어서인지 한국에서 지낼 때는 산에 큰 매력을 느끼지 못했었다.

그러나 필리핀으로 온 후 한 해 두 해 지나다 보니 필리핀 시내에서는 산을 찾기가 힘들었다. 적어도 차로 한 시간 남짓은 달려야 산을 볼 수 있었고 그나마도 등반할 수 있는 산은 거의 찾기가 어려웠다.

그러던 중 성당 교우 한 분이 인터넷 사이트에서 마닐라 시내에서 가까운 그럴듯한 산을 발견했다. 라구나라는 지역에 있는 필리핀의 유명한 농과대학교 안에 있는 마낄링 산이었다.

　나는 들뜬 마음으로 책을 읽고 느낌을 나누는 사적인 모임인 북 클럽 회원 몇 명과 함께 처음 마낄링 산에 가보았다. 첫 방문에서는 등산에 실패했다. 비가 와서였다. 비가 오면 산길이 미끄럽고 해도 빨리 져서 위험하다는 것이었다. 우리는 산을 발견한 기쁨으로 먼 길을 왔던 터라 아쉬운 마음에 산 입구 아스팔트길을 차로 내려갔다가 필리핀의 나무들을 감상하며 걸어서 산 입구까지 갔다.

　그리고 몇 주 후 다시 방문했을 때는 등산에 성공했다. 그곳은 열대림이 어마어마하게 우거져 있었다. 필리핀 길거리에서 흔히 보아왔던 풀들이 나무처럼 자라서 거인들이 사는 나라에 온 것 같았다. 마닐라 시내에서 커다란 식물들을 볼 때마다 어떻게 저렇게 키웠나 했는데 아마도 이런 열대림에서 가져 왔나 보다는 생각도 들었다.

　마낄링 산은 모자도 필요 없었다. 어차피 비가 오면 못 올라가게 하니 우산도 필요 없었다. 산행 중 비가 오더라도 워낙 여기저기 커다란 나뭇잎들이 나무의 키 순서대로 겹겹이 우거져 있어서 비를 피할 수 있었다.

　하지만 산을 올라가는 길이 한국의 산처럼 꼬불꼬불 오르막 내리막이 이어지는 길이 아니고 그저 구불구불 완만한 오르막 경사가 계속되는 길이었다. 등산화도 필요 없는 편안한 산책길 같은 길이었다. 걷기에는 쉬워 좋았지만 어떻게 보면 지루한 길이었다. 실제로 등산길에 마낄링 산속에 사는 주민들을 쉽게 만날 수 있었는데 대부분의 사람들이 발가락을 끼워서 신는 슬리퍼 차림이었다. 처음 우리는 산에 간다고 등산화에 등산복을 나름 차려입고 간 게 멋쩍어 서로 쳐다보며 다음번엔 우리도 그냥 운동화를 신고 오자고 얘기하기도 했다.

3킬로미터 정도 올라가니 중간에 등산객들이 잠시 쉬어 갈 수 있도록 필리핀 말로 사리사리 스토어라는 우리나라의 간이식당 겸 매점 같은 곳이 몇 군데 나란히 있었다. 그곳에서는 간단한 간식 외에도 바로 따온 신선한 코코넛 열매의 주스도 마실 수 있었다.

한 번의 마낄링 산행 후 나는 필리핀의 성당 교우뿐 아니라 모든 지인들, 심지어 한국에서 온 손님들에게까지 필리핀의 열대림이 우거진 마낄링 산을 소개했다. 그리고 필리핀 가족 힐링 캠프의 프로그램 중 하나로 마낄링 산행을 넣기도 했다. 처음 한국서 온 분들은 한국에서도 많이 가는 산에 굳이 뭘 데리고 오느냐 하기도 했지만 한국에서 어디 그런 열대림을 볼 수 있겠는가 하는 마음으로 나는 꾸준히 마낄링 산을 소개하고 있다.

나는 처음엔 무섭기도 하고 완만한 경사 길을 오르기만 하는 산행이 지루해서 지인들과 다녔지만 매번 그렇게 함께 다니는 것이 쉽지 않았다. 각자의 생활이 다르다 보니 시간 맞추기가 어려웠다. 그리고 누군가와 함께하면 좋은 점들도 많지만 홀로 걷고 싶은 속도로 걷기도 쉽지 않고 대화를 통한 즐거움도 있지만 어떨 때는 그냥 조용히 걷고 싶을 때도 있었다. 결국 어느 상황이나 다 맞출 수는 없어서 거의 대부분의 산행은 우현이와 둘이 하게 될 때가 많아졌다.

우현이는 산행을 그다지 좋아하지 않아 매번 약간의 전쟁을 해야 했다. 그러나 그런 일쯤이야 엄마의 우는 흉내 한 번이면 해결될 문제라 어렵지 않게 우현이와 동행할 수 있었다.

그러나 우현이와 나란히 대화하며 걷는 것은 쉽지 않았다. 우선 대화가 되지 않는 것이 첫 번째 문제였고 함께 걸을 때 내 어깨 위에 팔을 얹고 가려고 해서 여간 힘든 게 아니라는 게 두 번째 문제였다. 그러나 우현이와 함께 시간을 보낼 수 있는 일이 많지 않아 늘 미안하던 차에 그렇게 대화 없는 산행이어도 그저 같이 한 공간에 있기만 해도 좋았다. 우현이도 산에 오르는 건 싫어도 엄마와 함께하는 것에 만족해하는 것 같았다.

나는 우현이에게 내 어깨에 팔을 얹는 대신 손을 잡자고 매번 청했다. 그리고 서로 손을 잡고 걷는 것에 익숙해질 때쯤 나는 우현이와 함께 아무 말 없이 산을 오르면서 지나간 일들을 떠올리기 시작했다. 우현이는 무슨 생각을 하는지 알 수 없었지만 목적지 없이 그저 달려만 가던 우현이가 이제는 엄마의 손을 잡고 나란히 걷고 있다는 것에 미소가 저절로 지어졌다.

어느 날 내가 가장 좋아하는 성가 중 하나인 '주님과 나는 함께 걸어가며 지나간 일을 속삭입니다' 가사가 떠오르며 저절로 콧노래가 나왔다. 나는 우현이가 태어난 순간부터 우현이와 손을 잡고 나란히 걸을 수 있게 된 이 순간까지의 장면들을 떠올리며 걸었다. 그리고 혼자라고 느꼈던 그 긴 시간 동안 결코 나 혼자가 아니었음을 알게 되었다.

성가 가사처럼 하느님께서 늘 내 곁에서 소리 없는 동행을 해주셨다는 것을 알게 된 것이다. 내가 느끼지 못하고 내가 찾지 않아도 늘 내 곁에서 나와 함께 걸어주시는 하느님. 나는 그렇게 하느님과 함께 지나간 일들을 이야기하며 손을 맞잡고 산과 들을 따라 친구가 되어 걸어가고 있음을 느꼈다.

지금도 '주님과 나는'이라는 성가를 부를 때면 그때의 감동으로 나와 하느님이 함께 걷고 있음을 떠올린다. 이제는 외로움의 시간을 오히려 찾고 있는 것 같기도 하다. 나만을 위해 내 친구가 되어주시는 하느님을 느끼고 싶어서 말이다. 아무 말 없이 아무 활동 없이 느낄 수 있는 하느님이 바로 이런 거 아닐까? 잘은 모르지만 이 세상 꿈이 모두 사라지는 순간이 바로 하느님을 만나는 순간이 아닐까 싶다. 우현이와 나란히 손을 잡고 걷는 그 순간만큼은 이 세상 꿈이 무엇이든 상관없으니 말이다.

우현이의 탄생이 하느님의 영광을 위한 것이라는 나의 말에 "그렇게 생각하는 게 편하지" 하고 얘기하던 어떤 교우의 말이 나에게 아무런 상처도 되지 않는 까닭이 바로 여기에 있나 보다.

5

그래도 그곳에
당신이 있어서

머
물
다

서현이 퇴원 후 3주 만에 필리핀에 왔다. 아무래도 우현이가 마음에
걸려서 잠시라도 다녀와야겠다 싶었다. 주일날 성당에서 우현이를 본
신자분이 우현이가 시무룩해 보이더라고 말씀하셔서 안쓰러워 더 이상
은 안 되겠다 싶었다.

도착한 다음 날 새벽부터 우현이가 나를 깨웠다. 알림장 노트북을
가져와서는 무슨 쪽지를 가리키며 자꾸 보란다. 밤늦게 도착해서 눈도
안 떠졌다. 뭐냐 물으니 학부모 상담 일정이란다. 다행히 상담 시간은
바로 그날 오후였다. 잠시라도 필리핀 들어오길 참 잘했다 싶었다.

학교에 도착하니 우현이가 얌전히 앉아 나를 기다리고 있었다. 우현

이는 이제 초등학교 4학년이다. 사실 3, 4학년부터는 공부가 어려워져 걱정을 했었다. 그런데 3학년은 평균 85점으로 무사히 마쳤다. 과연 4학년 과정을 잘 수료할 수 있을까 했는데 1학기의 반이 지난 지금, 시험 성적이 평균 80점이다. 제일 힘들어하는 과목은 따갈로그 즉 필리핀 언어다. 그거야 뭐 어쩔 수 없으니 그 정도만 해도, 아니 솔직히 평균 80점은 기대 이상이다.

태원 씨에게 성적표를 사진 찍어 보내니 '오우!' 하고 답장이 왔다. 그리고 이어서 '난 다 0점이었는데' 한다. 서현이에게도 우현이 시험 성적을 보냈더니 '나보다 잘하네!' 한다. 우현이의 발전에 요즘 늘 우리 셋은 '우현이의 재발견!'이다.

말도 잘 안 하고 표현도 잘 안 해서 세심하게 주의를 기울이지 않으면 우현이의 마음을 알기 힘들다. 그런 와중에 엄마도 아빠도 누나도 몸이든 마음이든 아플 때는 우현이에게 주의를 기울이기 힘들다. 어떨 때는 오히려 늘 한결같은 생활 속에서 이렇다 할 불만의 소리 없이 조용히 지내주는 우현이가 우리 집에서 제일 어른 같기도 하다.

오늘은 한국으로 다시 가는 날이다. 3박 4일 일정으로 급히 왔다 가느라 우현이하고 제대로 놀아주지도 못했다. 밥 한 끼 함께 먹은 게 다다. 아쉽기도 미안하기도 한 마음에다 우현이가 왠지 슬퍼 보여 마음이 아팠는데, 마침 어제 견학 수업이 있어 오늘은 휴교라서 기쁘게도 아침 시간이라도 함께할 수 있었다.

우현이가 나 없는 동안 체중이 많이 늘어 운동도 좀 시킬 겸 해서 공항으로 떠나기 전 우현이와 30분간 수영을 했다. 운동시킬 목적으로 수영장으로 데리고 들어갔는데 우현이는 수영장 바닥으로 내려가서 한참을 있었다. 뭘 하느라 그러나 싶어 나도 우현이를 따라 물속으로 들어갔다.

우현이는 물안경도 쓰지 않고 물속에서 놀고 있었다. 눈을 감았다 떴다 하며 가오리가 바다 바닥에서 헤엄치듯 그렇게 수영장 바닥에 납작 엎드려 다가가서 바닥에 입을 한 번 맞추고 헤엄을 쳤다. 그리고는 허리와 어깨를 살랑 살랑 움직이며 수면 위로 올라갔다가 숨 한 번 쉬고는 다시 바닥으로 내려갔다. 그리고 이번에는 몸을 돌려 앉는 자세로 수영장 바닥에 앉아 손만 움직이며 눈을 살짝 떴다. 그리고 다시 물 위로 올라갔다. 그리고는 온몸을 파도가 치듯 움직이며 물속을 미끄러져 들어가서 수영장을 한 바퀴 돌아 물개가 물 밖으로 나오듯 수면 위로 다시 떠올랐다.

그야말로 경이로운 장면이었다. 우현이는 물속에서 정말 한 마리 물고기 같았다. 아름답고 경이롭다고밖에는 다른 말로 표현하기가 어려웠다. 그 모습을 보는 사람 누구라도 그렇게 느낄 것 같다.

그런 우현이를 보며 나는 잊었던 기억을 떠올렸다. 우현이가 제대로 수영을 배운 건, 아니 물놀이를 할 수 있었던 건 필리핀에 와서부터다. 어릴 적부터 우현이는 물놀이를 유난히 좋아했다. 한국에서 날씨가 꽤

차가운데도 분수가 틀어져 있으면 들어가 놀 정도로 그렇게 물을 좋아했다. 필리핀에 온 후로 더운 날씨 덕분에 아이들은 매일 물놀이를 했다.

그러던 어느 날 우현인 누나가 수영하는 모습을 보더니 팔에 끼워준 튜브를 빼고 물속으로 들어갔다. 모두들 깜짝 놀라 우현이를 구하러 물속으로 들어갔는데 의외로 우현인 눈까지 뜨고서는 편안히 가만히 있었다. 그리고 그야말로 엄마 배 속에 있는 아기처럼, 마치 물의 촉감, 질감, 물의 움직임을 느끼는 듯 여유 있고 편안히 머물러 있었다. 마치 태어나기 전 양수에 떠 있던 것을 기억이라도 하듯 그렇게 말이다. 그때도 아름답고 경이로워 주변분들께 얘기했던 기억이 있다.

나는 우현이가 어떻게 수영장 바닥으로 가라앉는지 궁금해서 우현이를 자세히 관찰했다. 그동안은 우현이가 물개같이 수영을 잘한다며 그저 신기하게만 생각했다. 그리고 아이니까 잘하겠지 하고 우현이를 따라 물놀이를 해볼 생각을 못 해봤다. 우현이와 함께 무엇을 한다는 것을 어렵게만 생각했었다. 아니 하기 싫었다고 하는 게 맞겠다.

나는 우현이가 물놀이를 하며 숨쉬기를 어떻게 하는지 자세히 살폈다. 일단 바닥에 가라앉으려면 내 몸 안에 있는 공기가 빠져나가야 한다는 것을 발견했다. 몸 안의 공기로 물속에서 몸이 뜰 수 있는 것이라면 가라앉으려면 몸속에 공기가 없어야 하는 것이다. 나는 몸속의 공기를 코로 뿜으며 물속으로 우현이를 따라 들어갔다. 처음엔 두려운 마음으로 가라앉는 것만을 확인하고는 재빨리 물 위로 올라왔다. 그리고 우현이를 따라 우현이와 같은 동작을 해보았다.

다 따라 하기는 힘들었지만 차츰 차츰 몸 안의 공기를 빼는 방법을 알게 되었고 내 몸이 스르르 바닥으로 내려가는 것을 발견했다. 난 우현이처럼 바닥에 몸을 바싹 대고 가오리처럼 몸을 움직여보았다. 그리고 수면 위로 떠올라 크게 숨을 쉬고는 급하게 몸의 공기를 빼며 다시 물속으로 들어갔다. 이번엔 바닥에 앉기 성공!

계속해서 물속에 들어갔다 나왔다를 반복하며 우현이를 관찰해보니 우현이는 그야말로 물속에서 어떻게 평화롭게 머무는지 알고 있었다. 그리고 그 머무름을 통해 우현이는 물과 어떻게 하나가 되어 자유롭게 움직이는지, 어떻게 물속에서 평화롭게 숨 고르기를 할 수 있는지 알고 있다는 생각이 들었다. 그리고 그 순간 나는 머무름이 무엇인지 깨달았다.

가톨릭교회에서는 신자들에게 성서 외에도 영적 도서 읽기를 권장하고 있다. 영적 독서로 성인들이나 사제, 수도자분들의 체험이나 영성을 본받을 수도 있고 일반 신자분들의 삶 안에서 체험하는 하느님 이야기로 힘과 용기를 얻을 수도 있다.

독서 중 자주 접하게 되는 말이 '머무름'인데 '머무름'이라는 말은 침묵과 함께 아무런 활동 없이 그저 하느님을 느끼는 시간을 가져보기를 권하는 말이다. 그러나 일상생활에서 우리는 그 머무름을 실천하기가 쉽진 않다. 특히 침묵한다는 것 하나만 실천하기도 어렵다.

나는 우현이의 물놀이 모습을 보고 우현이는 타고난 성향으로 그동안 15년의 세월을 머물러 있었다는 생각이 들었다. 자기 안에 머무는 것이 자폐의 성향이지만 바로 그 성향으로 우현인 이미 안으로부터 성장을 하고 있었던 게 아닌가 싶다. 말없이 말이다. 그래서 늘 그렇게 행복한 미소로 주변 사람들을 감동시키는 게 아닐까? 바로 침묵의 지혜와 자연과 하나되는 일치감으로 그렇게 순수한 미소를 지을 수 있는 게 아닐까? 그리고 그 머무름으로 얻은 평화로 우리 가족 중 제일 어른스러운 모습을 하고 불평 없이 오직 "네" 하고 대답하며 늘 자기 자리에서 우리 셋을 기다려주는 건 아닐까?

나는 오늘 우현이와 함께할 수 있는 걸 발견해서 행복하다. 너무 오랜 시간을 물 위에 떠 있는 우현이만 봐왔다. 오늘처럼 함께 공감하며 일치감을 맛볼 수 있다면 하루 종일이라도 함께할 수 있을 것 같다. 아쉽게 필리핀을 떠나왔지만 이제 다른 희망이 생겨서 행복하다.

우현이와 곧 대화를 할 수 있을 것 같다는 희망이다. 그리고 나도 머무름으로 하느님과 일치되는 순간을 느낄 수 있다는 희망이다.

아, 눈물나

심리 검사가 끝났다.

많은 장의 질문지를 받았고, 그림을 보고 연상되는 것 말하고 설명하기, 조각 맞추기, 숫자 계산, 그 외에 질문에 대답하기 등 엄청난 양의 검사였다.

검사 중 깨달은 것이 있다. 내 감정이 구분이 잘 안 된다는 것이다. 슬픈 건 분명한데 두려움, 기쁨, 행복감, 분노 같은 감정에 둔해진 느낌이다. 충격이 컸나 보다. 하긴 충격을 안 받았다면 그게 더 이상하지.

서현이와 함께 입원할 당시 상황을 다시 한 번 생각해본다. 나는 서현이를 보호하기 위해 자발적으로 입원하기로 한 건데 왜 내게도 항우울증 약이 처방됐을까? 하는 의문부터 들었다.

나도 그 정도로 걱정할 만한 수준인 건가? 아마도 그랬나 보다. 일단 약 처방은 거절했는데 이곳에서 며칠 지내보니 충격받은 순간에는 약을 복용해보는 것도 나쁘지는 않았겠다는 생각이 들었다. 입맛이 좋을 리도 없고 위 기능이 좋을 리도 없고. 나이가 들수록 머리 따로 몸 따로인 걸 많이 경험해서 일단 몸부터 챙겨야 하는데 말이다.

서현이가 필리핀을 떠나던 날 탈수증으로 며칠 고생했던 경험이 있으니 잘 견뎌야 한다는 생각으로 일단 죽부터 먹고 있다. 배가 좀 고파도 충격에서 벗어날 때까지는 소화가 잘되는 음식을 먹어야 한다. 뭐 기운 안 내도 되면 쓰러져 있어도 나쁠 건 없는데 서현이가 옆에 있으니 버텨야지.

아, 눈물 나.

뭐 하는 건가 모르겠네.

필리핀 가고 싶어.

그대로
받아들이기

    새벽 4시 32분. 조금 더 눈 붙이고 있어볼까?

    어제의 불면으로 오늘은 나름 잠을 잔 시간이 길다. 어제 점심 식사 후 낮잠을 거의 두 시간 자고 밤에 12시쯤 잠들어서 한 시간 간격으로 깨긴 했어도, 일단 아무것도 하지 말고 누워 있자고 결심하고 그냥 뒤척이다 보니 어느새 자다 깨곤 한다. 그리고 지금이다.

    미사까지 두어 시간 남았으니 좀 더 자볼까? 하다가 역시나 소화가 아직도 안 돼서 위 쪽이 영 불편하여 배 마사지 시작.

    장이 전혀 움직이질 않는다. 딱딱하다. 손으로 계속 눌러도 돌덩이 하나 있는 듯 안 움직인다. 악순환이다. 먹으면 소화가 안 되고 장이 안 움직이니 못 먹고, 못 먹으니 몸에 에너지가 달려서 기운이 없고 면역력도 떨어지고.

내 나이만큼 이렇게 살아왔다. 어딜 가든 누구를 만나든 '몸이 약해서'가 내 이미지가 되어버렸다. 그러나 실제로는 감기 몸살 정도가 나에겐 가장 큰 병이었다. 웬만큼 아파서는 누워 있기 싫어서 깡으로 버티는, 정말 다니기 좋아하는 성격이다. 열정이 넘쳐서 뭐든 척척 다 해본다. 그러다가 체력이 안 돼서 감기 몸살이 심해지면 일주일 이상 꼼짝없이 누워 있어야 한다.

에어로빅이 한참 유행하던 시절 3개월 과정으로 수업료를 내놓고 수업 이틀 만에 몸살로 다시는 못 갔다. 재미있고 신나서 남들 하는 그대로 다 따라 했다가 역시나 그놈의 저질 체력으로 완전 쓰러진 거다. 수영 배우러 다니다 또 몸살, 헬스클럽에서 운동하다 또 몸살. 암튼 뭐만 시작하면 일주일 안에 아프다.

위암 수술을 받을 무렵에 태원 씨는 나도 건강 검진을 받도록 했다. 역시나 기초 체력이 약하다는 결론. 원인은 심장이 느리게 그리고 천천히 뛰기 때문이라고 한다. 결국 걷기가 나에겐 가장 적합한 운동이지만 30분 이상 계속 걷지 말 것, 땀 나는 운동은 5분 이상 하지 말 것이라는 처방이 내려졌다. 남들처럼 하지 말고 쉬어가며 하라는 얘기다. 열정이 넘치는 이 성격에 가당치도 않은 얘기지. 쓰러져도 일단 뛰고 보니까. 하지만 이젠 나이가 먹으니 몸살 한 번 걸리면 더 아파서 되도

록이면 기초 체력이 다져질 때까지 그리 해봐야겠다는 생각이 들었다.

그렇게 난 하루 10분 걷기 운동을 시작했다. 처음엔 10분 걷는 것도 고역이었다. 체력이 너무 떨어진 상태라서 그랬나 보다. 그러나 힘들어도 10분씩 매일 걷고, 그 다음엔 20분, 그리고 30분씩 차츰차츰 시간을 늘려갔다. 지금은 왕복 3시간 등산은 거뜬히 한다. 이런 걸 보면 어릴 적에 누군가 '너는 약해' 했던 그 한마디가 나를 50년이나 지배해온 셈이다.

물론 아직도 무리하면 바로 몸살이다. 체력이 떨어져 있을 때 슈퍼마켓에 장이라도 보러 가면 영락없이 몸살이다. 아, 나의 열정이 이 육체를 지배할 순 없는 걸까? 아마 건강한 육체를 타고 났다면 세계 일주를 열 번쯤은 했을 것 같다. 한탄하는 것은 아니고 그저 그렇다는 이야기다.

잠이 안 와도, 내 몸이 허약 체질이어도, 태원 씨가 몇 번이나 위기를 맞이했을 때도, 우현이가 자폐라는 진단을 받았을 때도, 서현이가 우울증으로 힘들어해도 나는 누구도 원망해본 적이 없다. 그저 있는 그대로 받아들이기 위한 노력만 했을 뿐이다. 신이 주신 최고의 선물이 바로 이거지 싶다.

그리고 난 기도하니까. 나를 위해서 기도해주는 많은 분들이 있으니까. 지금 이 순간도 우리 가족을 위해 기도해주시는 분들이 많다. 그분들이 고통을 겪을 땐 내가 기도한다. 그분들은 나의, 나는 그분들의 수호천사다.

하루하루 모두를
주님 앞에 드리며

서현이의 스트레스가 갈수록 심해진다.

일주일간 외출 금지 약속을 지키기 힘들어한다. 갇혀 있다는 둥, 사는 게 사는 게 아니라는 둥. 살고 싶은 대로 못 살면 사는 게 아니라나? 그야말로 참말로!다. 뭐 집이 감옥도 아니고 부모가 교도관도 아니고 지 맘대로 해보시라지!

그래도 나름 미안하긴 한지 나가지는 않는다. 그렇다고 매일 집에만 있는 것도 아니다. 매일매일 나와 아빠와 여기저기 거의 종일 돌아다닌다. 마사지도 시켜주고, 쇼핑도 하고, 하고 싶은 것 나름 다 하고 다닌다. 다만 센터에 가는 것과 오랜 시간 혼자 떨어져 있는 것만 감시하는 중이다. 기분이 완전히 다운될 때는 자기 자신도 어떤 행동을 할지 모른 채 일을 저지르니 당연 통제를 할 수밖에.

이틀 전부터 내가 태원 씨를 처음 만났던 그해 태원 씨 모습 그대로의 서현이를 보고 있다. 정말 똑같다. 뭐에 삐쳤는지도 모르겠고 그냥 갑자기 짜증이다. 표정 하며 말하는 것 하며 완전 똑같다. 사실 고민된다. 자신도 모르게 행동이 튀어나오는 청소년기니까, 그리고 아픈 거니까, 자연스런 현상으로 여기고 아기 돌보듯 돌봐주겠다고 다짐은 했는데 이건 해도 너무한다.

세상 다 끝난 듯 부모고 뭐고 없다는 태도도 보인다. 병원에서 퇴원한 첫날 저녁, 기분 좋게 외출했다가 돌아와서는 갑자기 기분이 안 좋아서 또 나간다고 하니 나는 당연히 불안해서 못 나가게 했다. 서로 실랑이하는 와중에 엄마는 안중에도 없이 혼잣말로 격한 단어를 내뱉었다. 어젯밤만 해도 서현이는 나와 함께 마사지를 받고 아빠 녹음실에도 들렀다가 함께 집에 왔는데 갑자기 엄마 아빠 때문에 화가 난다며 완전 성난 표정으로 나를 쳐다보다가 정원으로 가버렸다. 나도 모르겠다, 하고 이층으로 올라와서 그냥 자버렸다.

수도 없이 다짐하지만 막상 서현이의 짜증이 반복되니 서럽다. 예수님의 수난을 생각하며 온갖 서러움과 멸시를 참아내자 하면서도 말만 그렇지 안 쉽다.

하루하루 주님 앞에 나를 맡기기로 하고 미사에 임했다. 성가와 함께 신부님이 나오시는데 눈물이 왈칵 쏟아진다. '아! 이 서러움 어찌할까요?' 하고 말이다. 그러기를 몇 번 거듭하고 결심했다. 수녀원으로 가자. 힘들 땐 나도 물러나자. 엄마도 강쇠는 아니니까. 마음이 한결 가벼워진다. 태원 씨도 힘들고 짜증나겠지만 이해해줄 거다. 우현이도 잘 있어주니 고맙다. 이번에 기도하며 기운 왕창 내야지.

마침 퇴장 성가에 아침부터 쓰기 시작한 이 글의 제목이 나온다. 역시 난 하느님의 사랑이다. 퇴장 성가 2절에서 좋은 기도문을 발견했다.

오늘 하루 평화를 주님 안에 찾으며…….

평화를 주소서.

기도 중에
만나요

　나는 주변분들이 생각하는 것만큼 기도하지 못한다. 매일 미사가 나의 최고 기도다. 마음이 울적해지면, 혹은 너무 기뻐서 감사기도를 하고 싶을 때면 묵주 기도 5단이면 끝이다. 그러다가 고통의 시간이 오면 기도 시간이 두세 배로 늘어난다. 그리고 너무 아픈 일, 상상할 수 없는 일이 생겨 망연자실해지면 그저 성당 의자에 가만히 앉아 예수님만 바라본다. 그렇게 기도조차 할 수 없다고 느껴지면 주변분들에게 기도해달라고 부탁을 한다.

　어느 날 묵주 기도 하기가 힘들어서 어떻게 하나 고민 중에 머리를 써서 시작한 게, 나의 취미 생활이 되어버린 묵주 만들기다. 가만히 앉아 기도하지 못하는 어려움을 어떡하든 극복해보고자 했다. 그리고 묵주 한 알 한 알 꿸 때마다 성모송을 바쳤다. 포도나무 가지에 대롱대롱 매달려 있는 기분으로 말이다. 이런들 어떻고 저런들 어떠리 그저 기도하면 되지 하고 말이다.

이렇게 게으른 내가 하느님의 사랑이라고 말하고 다녀도 되는지, 미사 시간에 뻔뻔하게도 앞줄에 앉아 사랑한다고 고백해도 되는지 의문을 갖기도 했다. 어떤 성녀는 미사 시간에 조금만 딴생각을 해도 하느님께 죄를 고백했다고 하는데 난 미사 중에 다른 생각에 빠져들 때도 많았다. 생활의 1순위가 미사라면서 게으름 피우다가 미사 시간에 늦는 날도 많았다. 그러면 하느님의 자비하심에 호소했다. '죄 많은 불쌍한 나에게 자비를 베푸소서' 하고 말이다. 기도가 안 될 때 요렇게 조렇게 좀 뻔뻔하다 싶을 정도로 기도했다.

그리고 지인들이 "기도 중에 만나요~" 하면 "네~" 하고 대답은 금방 잘해놓고는 '기도 중에 어떻게 만나지?' 하곤 지나쳐버렸다. 특히 사제와 수도자분들께서 기도 중에 만나자는 말씀을 많이 하셨는데 난 도무지 무슨 말인지 알 수가 없었다. 기도 중에 기억한다는 건 알겠는데 말이다. 그리우면 기억이 나는 거고, 미사 중에, 기도 중에, 말 그대로 기억하면 약속을 지키는 거니 말이다. 그렇게 가톨릭 세례 후 10년이라는 오랜 시간이 흘렀어도 기도 중에 만나자는 말의 뜻을 알 수가 없었다.

한 해 두 해 시간이 흘러갈수록 주변분들이 고통의 시간을 겪는 경우가 점점 많아졌다. 어릴 땐 잘 느끼지 못하다가 나이가 먹어가니 그런가 보다 여기며, 우리에게도 그런 시간들이 올 거란 생각도 하게 되었다.

작년 어느 때인가 지인 중 한 분의 아들이 어린 나이에 세상을 떠나는 일이 생겼다. 금이야 옥이야 키우던 아들이 그렇게 떠났으니 얼마나 힘들까. 상상하지도 못할 고통일 거다. 그야말로 내가 겪어본 일이 아니라서 느낌만 있지 알 수 없는 고통일 거다.

몇 달이 지난 어느 날, 나는 미사 시간에 늦어 어쩔 수 없이 뒷자리에 앉게 되었다. 미사 도중에 그 아들 잃은 어머니가 내 자리에서 먼 앞 쪽에 앉아 있는 것을 발견했다. 얼마나 마음이 아플까 싶어 얼굴도 모르는 그 아들의 영혼을 기억하고, 그 어머니를 위해 기도했다.

그리고는 나는 알았다. 기도 중에 기억하는 것이 바로 기도 중에 만나는 것이라는 걸 말이다. 얼마나 그리울까 하는 생각으로 눈물이 계속 흘렀다. 우현이가, 나의 우현이가 만약에 그렇게 간다면 어떻게 기억하지 않을 수 있을 것이며 그 보고 싶은 마음, 그 그리움으로 얼마나 많은 시간들을 기억할까 하고 말이다.

그런 거였다. 기억한다는 건 만나는 거였다.

그러자 나는 기뻤다. 그동안 나에게 '기도 중에 만나요' 하며 다정히 말씀해주신 분들의 그리움에 내가 포함된다는 것이 말이다.

나는 이제 인연을 맺었던, 인연을 맺고 있는 소중한 분들에게 당당
하게 말한다. 기도 중에 만나요라고.

슬로 모션

2010년. 나는 바쁜 일상을 위한 기도를 했다. 예수님의 사랑으로 이끌어달라는 기도와 함께.

내가 감히 예수님의 사랑 운운하는 것이 조심스럽고 겁나는 일이라고 느끼면서도, 나 혼자만의 기도인데 어떠랴 싶어 그저 그렇게 기도했다. 그리고 조금씩 예수님의 사랑을 내가 안다면, 내가 그렇게 예수님처럼 우리를 사랑하는 마음으로 우리의 죄와 고통으로 마음 아파한다면, 얼마나 고통스러울까 생각해보았다. 예수님이란 말조차도 모르는 사람들 빼놓고서라도 이 세상에 얼마나 많은 사람이 있는가. 그러니 나의 그 기도가 얼마나 가당치않은지 나도 안다. 그러나 예수님 흠

내라도 제대로 낼 수 있다면 그것만으로도 성공 아니겠는가 하는 생각으로 나는 그냥 그렇게, 예수님의 사랑으로 이끌어달라고 기도하기로 했다. 그리고 아직도 나는 그렇게 기도한다.

그리고 나는 내 모습을 바라보며 고통으로 가득 찬 순간에 내 욕심이나 욕정으로부터 오는 유혹에 빠지지 않게 소소하지만 바쁜 일상을 달라고 청했다. 그리고 그 소소한 일상을 통해 유혹을 잘 견딜 수 있는 힘을 달라고 기도했다.

하느님은 내 기도를 정말 잘도 들어주신다. 바쁜 일상을 청한 이후로 정말 무지막지 바쁜 생활을 하게 되었다. 2010년 이후, 일단 비행기 타는 횟수만도 엄청나다. 사업가들에게는 비할 수 없겠지만 적어도 가정주부로서는 최고지 싶다. 한 해 두 해 한국과 필리핀을 오가는 횟수가 점점 늘어나고 있다. 서현이와 우현이 덕분이다. 특히 서현이가 학업을 중단하고 한국으로 온 후로는 더하다. 서현이가 필리핀 가기를 그야말로 죽기보다 싫어해서 어쩔 수 없이 내가 한국으로 와야 했다.

마침 태원 씨도 바빠져 필리핀을 자주 못 오는데 덕분에 나는 한국을 자주 오니 나쁘지만은 않았다. 오히려 나의 최고의 취미, 묵주 만들기를 하려면 유행에 따르든 나만의 스타일로 묵주를 만들든 재료를 보충해야 하는데 늘 새로운 재료를 살 수 있어서 좋았다. 이제는 온 집안이 묵주 공장처럼 변해버렸을 정도다. 나의 묵주 디자인은 이제 '부활아트'란 이름으로 성물방에 나오기도 한다.

요즘은 어디가 내 집인가 헷갈릴 때도 있다. 필리핀? 한국? 내 베개가 있는 곳이 내 집이라는데 두 군데 모두 내 베개가 있으니. 그러나 나는 아직 필리핀이 편하다. 아마도 우현이 어릴 때 한국에서의 기억이 그다지 좋지 않아서인 듯하다. 아무튼 적어도 한 달에 한 번은 한국을 방문하게 되니 생활이 완전히 달라졌다. 양쪽 모두 긴 시간을 머무는 게 아니다 보니 뭘 배우기도 그렇고 친구를 만나기도 여간 힘든 게 아니다.

거기다 2012년에 시작한 장애인 가족 힐링 캠프도 준비 작업이 만만치 않아 누가 보면 저러고 어떻게 다니나 싶을 정도다. 실제로 주변 분들이 걱정도 많이 해주신다. 어찌 보면 나를 걱정해주고 기도해주시는 분들의 위로로 이만큼 버텨오지 않았나 싶다.

그러나 난 주변분들의 우려와는 다르게 힘들다거나 바쁘다고 느끼지 않고 다니고 있다. 내 다리는 쉴 새 없이 걷고 있지만 내 느낌은 슬로 모션slow motion! 말 그대로 내 시간은 천천히 흘러간다. 하루 24시간을 길게 쓰고 있는 느낌이랄까? 말하자면 1초를 2초처럼 늘려 쓰고 있는 느낌이다. 비디오의 느린 동작처럼 내가 천천히 간다 해도 좋고, 시간을 늘려서 쓰고 있다고 해도 좋다. 이래도 저래도 나의 하루는 길다. 바쁘면 하루가 짧아야 하는데 나에게는 하루가 길다. 그게 좋다. 그만큼 예민해질 수 있기 때문이다. 천천히 눈길을 돌리니 예전에 안 보이던 것들도 잘 보인다.

지나가다 예쁜 들꽃이라도 있으면 예쁘다!를 연발하며 멈출 수 있는 여유도, 그저 제자리에 서서 지나가는 사람들을 구경할 수 있는 여유도, 서점에 가서 바닥에 앉아 시 한 편 읽을 수 있는 여유도 생겼다.

이렇게 지난 3년 동안 소소한 일상들을 즐길 수 있게 된 내가 내 스스로 참 행복해 보인다. 마음이 바빠서 봐야 할 것을 못 보게 될 때, 일부러라도 천천히 아주 천천히 시간을 보내보기를 권하고 싶다. 그러면 소소한 일상에서의 작은 행복을 느낄 수 있을 것이다.

아마도 이런 나의 행복이 나에게 큰 힘이 되어 엄마라는 커다란 우주로 가는 것이 아닐까 싶다. 엄마라는 것은 이 세상을 지켜주는 제일 큰 힘일 테니까 말이다.

삶이 힘겨운 엄마들에게 위로의 말 그리고 함께 가자는 뜻에서 크게 한번 외치고 싶다.

세상의 엄마들, 힘내세요!

천천히 걸어보세요!

작은 행복을 맛보세요!

위대한 사랑

연애 10년, 결혼 15년차쯤 되자 늘 불타는 사랑을 하고 있다고 자부했던 우리 부부에게도 뭔가 심상치 않은 기운이 돌기 시작했다.

필리핀으로 떠나온 후 한 달에 한 번 만났던 우리는 떨어져 있던 시간만큼 멀어진 느낌이었다. 왠지 안아주는 시간도 준 것 같고, 사랑한단 말도 덜 하는 것 같고, 아이 둘을 키우며 그야말로 엄마 아빠 일에만 집중하며 살아온 그런 느낌. 이젠 내가 여자로 보이지 않는 걸까 서글퍼지기도 하고 더 이상 둘 사이에 설렘이 없다는 것이 슬프기도 했다. 그러나 우리는 모른 척 부부 생활을 계속해갔다. 아니, 나만 그랬던 걸지도 모르겠다.

남자와 여자는 정말 다른 것 같다. 남자들은 잘 모르니 설명하기 어렵고 여자 입장에서는 언제나 연애 시절의 설렘을 갖고 살고 싶다. 아기를 낳은 후에도 더 이상 설렘이 없는 그저 그런 느낌으로 살아야 한다는 걸 미리 알았더라면 어쩌면 아기를 낳지 않았을지도 모르겠다. 나는 그랬다.

우리 둘은 연애 시절, 아니 아이를 낳기 전까지 그야말로 불같은 사랑을 지속했다. 10년 연애를 하면 '아주 오래된 연인들'이란 노래 가사처럼 변할 수도 있었겠다 싶겠지만 우리 둘에겐 해당되지 않는 말이었다. 오히려 결혼 후 태원 씨는 나를 사랑한다는 표현을 더 많이 했다. 심지어 운전 중에도 한 손으로는 운전대를, 다른 한 손으로는 내 손을 꼭 잡은 채로 그렇게 좋아할 수가 없었다. 집안 정리나 청소, 인테리어까지도 구석구석 세심하게 나보다도 더 신경 쓰며 멋지게 꾸며주었다. 주변에 결혼에 대한 생각이 없던 사람들도 우리 부부를 보고 결혼하고 싶다 할 정도였으니까. 그랬던 태원 씨의 행동이 달라지자 나는 사랑이 식었다고 생각하게 되었다.

나의 그런 느낌과는 다르게 어디를 가든 태원 씨만 한 남편은 없었다. 내 첫사랑, 최고 자상한 남자. 다른 사람들 눈에는 김태원에게 있어 이현주만이 우주의 중심이었다.

나는 늘 태원 씨 옆에 앉아 있으니 태원 씨의 시선을 느끼지 못했나 보다. 그리고 집 밖에서의 태원 씨 모습을 나는 모르니 지인분들의 느낌을 내가 알 수도 없었다. 어찌 생각해보면 무디고 무딘 나의 감성 때문인지도 모르겠다.

나는 태원 씨가, 아니 다른 사람들이 말을 안 해주면 어떤 마음을 갖고 있는지 잘 눈치 채지 못한다. 그래서 가끔 태원 씨에게 답답한 마음에 속마음을 말해달라고 요구한다. 태원 씨가 겉으로 괜찮다고 하면 나는 정말 괜찮은 걸로 안다. 사실은 그게 아니어서 태원 씨는 자기 마음을 몰라준다고 삐칠 때도 있다.

이런 일도 있었다. 태원 씨와 나는 명동에 있는 오븐 구이 통닭 전문점의 닭고기를 유난히 좋아한다. 함께 닭고기를 먹을 때마다 태원 씨는 자기는 닭 가슴살을 좋아한다며 늘 닭 가슴살부터 먹었다. 요즘이야 건강 때문에 일부러 찾기도 하는 부위지만 그때만 해도 가슴살은 퍽퍽해서 인기가 없었다. 나는 태원 씨의 닭 가슴살 사랑이 진짜인 줄 알았다. 무려 20년 이상을 말이다. 3년 전인가 드디어 태원 씨는 진실을 말했다.

"닭 가슴살 좋아하는 사람이 어디 있냐. 너 맛있는 거 먹으라고 내가 양보한 거지."

내 입장에서는 '아이고 맙소사'다. 누가 양보하라고 했나? 음식을 많이 먹는 체질도 아닌 내가 먹으면 얼마나 먹었다고!

아무튼 태원 씨는 나에게 이런 남편이었다. 이렇게 사소한 것부터 얼마나 큰 것까지 나를 위해 배려하며 살았는지, 아니 지금까지도 배려하고 있는지 주변에서는 많이 보고 감동했다. 다른 사람들에게는 고집스럽고 괴팍한, 어떨 때는 악마 같다고 할 정도로 무섭고 차갑기도 한 사람이었지만 나에게만은 처음 만난 순간부터 너무나 부드럽고 자상하고 장난기 많은 남자였다.

그러나 나는 그걸 느끼지 못했다. 그런 서글픔의 시간이 계속되고 있다는 걸 알았는지 어느 날 술에 취한 태원 씨가 큰맘 먹었다는 듯 고백을 했다.

"넌 네가 예쁜지 몰라서 더 예뻐."

그리고 덧붙이는 말.

"넌 모른다. 두 번째 사랑의 위대함을."

그랬던 건가. 사랑이라곤 태원 씨밖에 몰랐으니 내가 뭘 알 수 있었을까? 잘은 모르지만 그때 태원 씨의 고백이 오랜 결혼 생활을 지켜가는 것은 아닐까 싶다.

난 김태원의 위대한 사랑이니까.

자식이 아플 때보다
슬플 때가 더 아파요

"패혈증입니다."

이게 무슨 말이야. 서현이가 태어난 지 이틀 만에 열이 나서 소아 응급실로 급히 향했다. 태어난 지 이틀 된 아기가 엄마 배 속에서부터 감기나 다른 바이러스에 감염됐을 리는 없고, 열이 나는 원인은 탈수나 패혈증일 수 있다고 한다. 의사 두 명의 의견이 엇갈리는 가운데, 패혈증의 무서움을 아는 언니는 입원시켜야 한다는 쪽에 손을 들었다. 그렇게 서현이를 신생아 중환자실에 입원시킨 채 집으로 돌아와야 했다.

결혼한 후 3년 만에 아이를 갖게 되어 세상을 다 얻은 것처럼 기뻤던지라 충격도 컸다. 우리에게만 고통이 닥친 듯, 슬프기보다는 세상에

화가 더 났다. 누군가 위로의 말을 건네는 것조차 싫었고 가까운 친구들도 만나기 싫었다. 내가 겪는 고통에 '나는 안 그래서 다행이야.' 하며 자신의 일이 아님을 기뻐하고 조롱하는 듯 느껴졌다. "어떡해요." 다가오며 해주는 위로의 말도 다 거짓으로 느껴졌다. 그때의 경험으로 나는 주변분들의 고통의 순간에 말없이 기도로 함께하며 마음을 열어주기를 기다리는 사람이 되었다.

서현이는 다행히 '탈수'였던 것으로 밝혀져 건강히 집으로 돌아올 수 있었다. 그런데 백일도 채 되지 않았을 무렵 서현이의 눈두덩이에 작은 알갱이가 생겼다. 눈두덩이 살을 칼로 째서 빼내야 한단다. 이건 또 무슨 일이야.

언니는 아직 몸조리도 끝나지 않은 동생이 마취도 없이 수술받는 아이를 지켜보게 할 수는 없다며 병원 근처에 오지도 못하게 했다. 아기가 울면 더 힘들어질 테니 말이다. 서현이는 얼마나 아팠을까?

그 후엔 증상이 가볍긴 했지만 천식으로 또 한동안 고생했다. 그 과정에서 엄마의 마음이 어떤 건지 조금씩 배워가기 시작했던 것 같다. 이제 생각해보면 서현이는 아기 때부터 내가 강한 엄마가 될 수 있도록 혹독하게 훈련시켰나 보다.

훈련으로 말하자면 우현이를 따를 수 없지!

우현이가 태어난 지 두 달도 안 됐을 무렵이었다. 숨쉬기를 힘들어하고 숨을 쉴 때마다 목에서 그르렁 소리가 나서 병원에 가보니 알레르기 비염이란다. 숨쉬기가 어려워 제대로 깊은 잠을 못 자는 우현이가 안쓰러워 잠이 들 수가 없었다. 알레르기 치료가 꾸준히 이뤄져야 해서 병원에 자주 가야 했고, 약도 매일 먹어야 했다. 우현이는 약을 먹으면 잠만 자곤 해서 바보가 되는 건 아닌가 하는 생각이 들어 혼자 전전긍긍하기도 했다.

그러다 생후 1년도 안 돼 이미 다른 아이와 뭔가 다르다는 것을 알게 되었고, 발달 장애라는 것이 무엇인지도 모른 채 몇 년을 우현이랑 싸웠다. 우현이는 세 돌이 다 되어가도 말을 하지 않아서 마음 상태를 몰라 더 애가 탔다. 그저 몸에 나타나는 증상만으로 아이가 아프다는 것을 알 수 있었다. 게다가 비위가 약해 열이 나도 약을 먹일 수가 없었다. 약을 먹이는 순간 다 토해내니 말이다. 주사로 말할 것 같으면 어찌나 무서워하던지 힘이 세지기 시작하면서부터는 아주 몸부림을 쳐대서 아예 주사 놓을 엄두도 낼 수가 없었다.

우현이 생후 27개월 때 자폐 여부를 진단받기 위해 병원에 입원해 뇌파 검사를 할 때도 수면제를 먹이는 족족 토해내서 어쩔 수 없이 수면 주사를 선택했다. 어찌나 몸부림을 치던지 어른 세 명이 달라붙어 겨우 발등에 주사 바늘을 꽂을 수 있었다. 그러나 그나마 그것도 1분도 채 안 되어 벌떡 일어나 빼버리는 바람에 피가 솟구쳐 정말 전쟁터가 따로 없었다.

그런 전쟁 속에서도 수면 주사를 세 번이나 놓았다. 그러나 우현이는 잠들지 않았다. 어떻게 잠들지 않을 수 있을까? 주사에 대한 두려움이 너무 큰 나머지 잠들 수 없었나 보다. 의사에게 이럴 수도 있느냐고 질문하자 수면제를 복용해도 자기 의지로 잠들지 않을 수 있다고 한다. 천고집 김우현의 진가를 본 사건이다.

한 대의 주사를 더 맞을 수 있다는 의사의 말에 나는 "안 할래요. 이제 그만 하세요." 했다. 그런데 이건 또 뭐람. 내 말이 끝나기가 무섭게 코를 드르렁 골며 우현이가 잠이 들었다. 말은 못 해도 알아는 들었나 보다. 서둘러 뇌파 검사를 위해 우현이를 옮겼고 검사 성공! '그 정도 수면제가 들어갔으면 하루 종일 자겠지. 나도 좀 쉬자' 하는데 우현인 두 시간도 안 돼 "쉬~" 하며 일어났다. 소변기를 갖다 주고 "여기에 해." 해도 막무가내로 일어나 화장실로 갔다. 아! 이 고집불통!!

"아기가 아프지만 않으면 열도 더 낳을 텐데."

지금까지도 내가 종종 하는 말이다. 그러나 나는 아기가 아픈 것을 지켜보는 것이 너무 고통스러워서 더 이상은 포기했다.

아기가 아프고 또 건강해지고 이런 과정을 되풀이하다 보니 몸도 쑥쑥 자라 어느덧 유치원에 들어갈 나이가 되었다. 그리고 나는 아이들이 이유 없이 눈물을 흘리는 것을 보게 되었다. 서현이는 그래도 말이라도 해주어 다행이었지만 세 살이 되어도 말을 못해 말없이 눈물만 흘리는 우현이를 바라보며 이보다 더한 고통이 있을까 싶었다.

육체적으로 아픈 것을 바라보는 것도 힘들었지만 마음이 아파 우는 것을 보니 그야말로 가슴이 찢어진다는 표현이 딱 맞다. 심장도 쪼그라드는 것 같다. 말로 다 어떻게 할까?

서현이 우현이는 이제 사춘기 나이가 되었다.

해결할 길 없는 문제가 점점 많아진다. 산 넘어 산이 바로 여기 쓰는 말이다. 아기가 태어나면 언제 걷나 하다가 걸으면 이제 걱정 없겠지 한다. 그리고 걸을 수 있게 되면 언제 말하나 걱정하고, 말을 하기 시작하면 더 이상 걱정 없겠지 한다. 그러나 말을 하기 시작하면 계속해서 늘어나는 부모의 욕심만큼 걱정거리도 많아진다. 성격 좋게, 말 잘하게, 글 잘 쓰게 등등. 대부분 부모들이 내 자식의 행복을 빌며, 무엇이든 1등은 안 해도 좋으니 최선을 다하라고 말한다. 그러나 실제로는 1등 하기를 원한다는 것을 아이들은 안다. 부담 주고 실망하고 반항하고 그야말로 애증의 관계가 따로 없다.

자식의 진정한 행복은 무엇일까? 원하는 것을 다 해주어도 힘들다 하고, 다 못 해주면 안 해줘서 섭섭하다 한다. 자식들의 행복이 어떤 건지 도저히 알 길이 없다. 태원 씨와 나는 그저 아이들이 울 때 함께 마음을 나눌 수 있는 부모가 되기를 희망한다. 마음이 아파도 그 이상 아무것도 해줄 수 없는 것을 알기 때문이다.

슬퍼도 행복할 날을 위해 서현아, 우현아, 김태원, 이현주 파이팅!

사랑이라는 이름을 더하여

삶이란 지평선은 끝이 보이는 듯해도
가까이 가면 갈수록 끝이 없이 이어지고

저 바람에 실려가듯 또 계절이 흘러가고
눈사람이 녹은 자리 코스모스 피어 있네

그리움이란 그리움이라는 이름에
사랑이라는 이름을 더하여

서로를 간직하며 영원히 기억하며
살아가고 있는 거기에

기다림이란 기다림이라는 이름에
소망이라는 이름을 더하여

누군갈 간직하며 영원히 기억하며

이루어져 가는 거기에

삶이란 지평선은 끝이 보이는 듯해도

가까이 가면 갈수록 끝이 없이 이어지고

저 바람에 실려가듯 또 계절이 흘러가고

눈사람이 녹은 자리 코스모스 피어 있네

또 다시 가려무나

모든 순간이 이유가 있었으니

세월아 가려무나 아름답게

다가오라 지나온 시간처럼

가려무나 가려무나

모든 순간이 의미가 있었으니

세월아 가려무나 아름답게

다가오라 지나온 시간처럼

태원 씨가 작사 작곡한 곡 중 내가 꼽는 최고의 노래는 바로 이 곡 '사랑이라는 이름을 더하여'다.

모든 순간이 이유가 있었으니. 우리 가족이 함께 흘러온 시간들은 매 순간 이유가 있었다. 끝이 없이 이어지는 많은 사연 속에서 그 이유를 알아가는 여정이 바로 우리 가족의 삶이 아닌가 싶다.

눈사람이 녹은 자리 코스모스 피어나듯, 죽음 후의 부활을 경험하듯 우리 넷은 그렇게 성장하고 있기 때문이다. 우리는 수많은 시련 속에서 그리움으로 기다려왔다. 또 그 기다림 속에서 무엇을 희망하는지 알게 되었다. 그 희망에 사랑이라는 이름을 더하여 가족의 울타리를 지켜가고 있는 것이 아닐까 한다. '사랑이라는 이름을 더하여'는 그 기나긴 우리의 삶을 정말 잘 표현해주었다. '마지막 콘서트'나 '네버 엔딩 스토리' 같은 히트곡보다도 내가 이 곡을 사랑하는 이유는 이렇게 우리 가족의 삶이 모두 담겨 있기 때문이다.

지금 이 순간에도 우리 가족은 힘겨운 시간을 맞이하고 있다. 어느 가정이나 힘겨운 일이 없겠느냐만은 우리 가족의 경우 그야말로 '죽고 사는 문제'라서 힘겹다.

가려무나 가려무나. 이 가사가 딱이다. 이렇게 노래하고픈 심정이다. 어서 이 시간이 지나고 행복을 위한 노래를 하고 싶다. 어쩌면 그 시간을 위해 이 시련을 반갑게 맞이해야 할지도 모를 일이다. 이 시련이 지나면 또 아름다운 시간을 맞이하게 될 테니 말이다.

그러고 보면 이제는 또 다른 성장을 위해 우리 앞에 무엇이 마련되어 있는지 궁금해할 수 있는 여유까지 생긴 것 같다. 이것이 바로 진정한 평화가 아닐까? 복잡하고 고통스러운 일상과 죽음까지도 이길 수 있는 바로 그 평화 말이다.

오늘 밤 더 간절하게 기도해야겠다.

"평화를 주소서."

사람은 선한가? 악한가? 나의 지론은 누구나 다 같다이다. 다만 유전적, 환경
적 영향으로 어떤 성향을 어떤 방식으로 더 갖게 되며, 얼마만큼 자제할 수 있
는지, 어떻게 표현해내는지가 문제라고 생각한다. 나는 철학자도 심리학자도
교육학자도 신학자도 아니지만 살면서 느낀 게 그렇다는 거나. (174쪽)

삶에는 전문가가 없다. 그렇다면 철학자, 심리학자, 교육학자, 신학
자는 왜 존재하는가? 삶에 대한 옛 사람들의 가르침을 자신의 소화력
으로 흡수하여 남에게 전하기 위해서다. 그런데 그 사람들도 개인적
삶과 가정생활에서 겪는 어려움, 그 앞에서 보이는 반응은 다른 이들
과 별반 다름이 없다. 희망과 절망, 사랑과 미움, 행복과 불행, 빛과 어
두움을 통과하고 그 앞에서 서툴기는 마찬가지다. 인류 문명사에 큰
자취를 남긴 철학자나 문학자, 신학자와 종교인들도 개인의 내밀한 삶
을 보면 남에게 말한 것과는 큰 차이를 보이는 경우가 많다. 니체는 정
신이상자가 되었고, 도스토옙스키는 도박벽에서 벗어나지 못했다.

그래도 그들의 말이 의미가 있는 것은, 그들이 살며 겪은 천국과 지
옥이 우리가 살며 겪는 경험들과 크게 다르지 않기에 참고할 만한 지

점이 있고 거기에 가치가 있기 때문이다. 우리 각자는 그 모든 이들의 경험에서 취할 만한 것은 받아들이고 아닌 것은 지나치면서 각자만의 우주를 만들어갈 사명이 있고 실제로 그렇게 하고 있다. 자기 집 하나를 짓기 위해 온 세상의 숲이 다 필요한 것은 아니듯이.

김태원과 이현주. 두 사람을 처음 만났을 때, 겉모습만 봐도 전혀 다른 두 우주를 보는 것 같았다. 한쪽은 산전수전을 다 겪은 것 같았고, 다른 쪽은 세상에 갓 태어난 아기처럼 천진난만해 보였다. 김태원 씨가 이현주 씨가 없는 자리에서 자신의 아내라고 소개하며 한 말을 기억한다. "아무것도 모르는 것 같지 않습니까?" 실제로 그랬다. 처음 보는 나를 대할 때도 마치 수십 년을 만난 사이처럼 아니, 아무 거리낌 없이 온갖 이야기를 다 풀어놓을 수 있는 부모님을 대하듯 했다. 이 점은 십 년 전이나 지금이나 변한 것이 없다.

김태원 씨도 자신의 속 이야기를 그대로 말하는 사람이다. 이 책에 실린 굵직굵직한 이야기를 내게 처음 풀어놓은 쪽은 김태원 씨였다. 필리핀에서였다. 아주 오랜 시간에 거쳐 그는 어린 시절부터 그간 겪어온 소설 같은 이야기를 거침없이 쏟아냈다. 돌아오는 비행기에서 우연히 만나 좌석을 바꿔 앉으면서까지 이야기는 계속되었다. 나는 전혀 다른 세상 이야기에 빨려들어 갔다. 미지를 탐험하는 기분이었다. 반전에 반전을 거듭하는 그 이야기는 어떤 픽션보다 더 박진감이 있었다.

그런데 이제와 돌이켜보니 구름을 뚫는 듯한 정상과 그 반대로 깊은 계곡 사이를 이어주는 끈이 무엇이었는지, 그런 나락에서 솟아오르게 하는 힘이 무엇이었는지에 관해서는 언급이 별로 없었던 것 같다. 남자들끼리의 이야기가 갖는 특성일 수도 있겠다. 이현주 씨의 책을 읽다 보니 그 의문이 한꺼번에 풀리는 것이 느껴진다. 산의 꼭대기와 그 정반대의 골짜기 사이가 어떻게 이어졌는지, 그 수많은 우여곡절을 어떻게 넘을 수 있었는지가 한 편의 대하드라마처럼 펼쳐지는 것처럼 보인다.

인간관계 전반에서 가장 중요한 것은 나와 상대방이 서로 다르다는 것을 받아들이는 것이다. 존 그레이 박사는 남녀 사이를 두고 '화성에서 온 남자, 금성에서 온 여자'라고까지 표현하지 않았는가. 서로 다름을 인정하면 상대방을 내 생각이나 행동의 틀에 억지로 끼워 맞추려 드는 실수를 범하지 않고, 서로를 깊이 존경하며 상대가 한껏 피어날 수 있게 도울 수 있을 것이다. 모든 인간관계의 원형인 남녀는 신체 구조뿐 아니라 정신의 생김새도 너무나 달라, 사고방식, 언어, 행동에 그 차이가 그대로 묻어난다. 남녀는 이 차이에도 불구하고가 아니라, 바로 이 다름 덕분에 서로에게 이끌리고 상대방의 부족함을 채워주며 참된 하나가 된다. 그리고 이 둘 사이에서 태어나는 자녀와의 관계에서도 이 원칙에서 벗어나지 않는다. 부부가 서로를 도와 한 인간으로 성숙하게 되는 것처럼, 자녀와의 관계 속에서도 성숙해진다. 이현주 씨는 "자녀 나이가 엄마 나이다."라는 말로 표현했다. 철없던 젊은 남녀가 자녀를 기르면서 성숙한 엄마와 아빠가 된다.

오늘날 우리가 당면한 문제점 중 하나는 가정의 문제다. 빠르게 무너져가는 가정만큼 어느 곳에서나 걱정거리로 등장하는 문제가 있을까. 이런 때 이론이나 정책보다도 한 가정의 이야기가 수많은 사람들에게 큰 빛을 줄 수 있을 것이다. '이야기'는 삶의 모든 면을 종합해 생생하게 보여주는 힘이 있다. 그래서 이야기는 어떠한 이론들보다도 설득력 있게 구체적인 방향을 제안해주고 영감을 줄 수 있다.

지금은 이야기의 시대다. 모든 것이 이야기임을 깨달은 시대다. 이 땅과 그 안을 가득 채운 것들도, 우주도 모두 이야기다. 또한 인간 한 명 한 명이 우주를 구성하고 있다. 자신을 구할 수 있는 인간은 없지만, 남을 구할 수 없는 인간도 없다는 진리를 이현주 씨의 이야기를 통해 다시금 깨닫는다. 이현주 씨의 이야기가 수많은 가정을 일으켜 세우고, 희망을 주고, 새로 시작할 수 있는 빛과 힘을 줄 것으로 믿는다.

이병호(주교, 천주교 전주교구 교구장)

모든 순간이
이유가 있었으니

1판 1쇄 인쇄 2015년 12월 7일
1판 1쇄 발행 2015년 12월 14일

지은이 이현주

발행인 양원석
본부장 김순미
편집장 최두은
책임편집 황지영
해외저작권 황지현
제작 문태일
영업마케팅 이영인, 양근모, 김민수, 장현기, 전연교, 정미진, 이선미

펴낸 곳 ㈜알에이치코리아
주소 서울시 금천구 가산디지털2로 53, 20층(가산동, 한라시그마밸리)
편집문의 02-6443-8868 구입문의 02-6443-8838
홈페이지 http://rhk.co.kr
등록 2004년 1월 15일 제2-3726호

ISBN 978-89-255-5804-2 03810

RHK는 랜덤하우스코리아의 새 이름입니다.